YOUNG AGE小說鮮視界！
青春滿點！活力滿載！好看滿分！

YA!

板橋雅弘◎著　玉越博幸◎圖

窩囊廢 戀愛危機

ウラナリと春休みのしっぽ

窩囊廢的世界裡，有這些人……

黑木隼：中學剛畢業，正等待高一開學。這個春假，他不練手球，改練彈吉他和第一百零一首世界名曲〈史卡博羅市集〉，還有在心裡偷偷怨恨那個把他甩到一邊的女人……

藤森咲良：她的爸爸和隼的媽媽再婚了，而她和隼之間又有點曖昧情愫。如願考上了東京的高中之後，她一個人搬來東京的女生宿舍住，為了展開新生活，決心向過去告別——也包括隼。

出雲：手球社的最佳射手。雖然個子矮，動作卻很敏捷，只是個性很衝動。他和朝風同學是隼的死黨，也是隼在這個春假唯一見面的朋友。目前很積極地想要交女朋友。

銀河：咲良毫無血緣關係的弟弟。他很崇拜咲良，甚至可以說在心裡暗戀她，所以很嫉妒隼。為了保護『姊姊』，他願意做任何事。

黑木家：隼的父母離婚後，現在家裡的成員只有隼和老爸兩個人。隼的老爸很開明，父子相依為命，感情很好，常常一起煮飯、一起談心，老爸還是隼的吉他啟蒙老師。隼的溫吞個性應該是像他老爸。

那須家：隼的親生母親再婚的家，目前只有隼的媽媽和那須先生兩個人。隼的老媽留著一頭短髮，是一位頭腦清晰、個性俐落的女強人。那須先生就是咲良的親生父親。

藤森家：咲良的母親和那須先生離婚以後，嫁給了藤森先生。咲良的媽媽帶著咲良、藤森先生帶著兒子銀河，共組新家庭。前陣子增加了一個新成員小響，所以目前有五個人。

目錄

1. 我專屬的畢業證書

清晨的路邊還殘留著混了泥土變硬的雪。木梨樹上已綻放出淡紅色的花，但早晚的溫差還是很大。走在陽光照不到的地方，一不小心就很有可能因結冰的融雪而滑倒。

今天要先去辦點事，所以我比往常早些出門。

其實也不是什麼了不起的大事，很快就會結束。

繞過通往學校的路，我在紅色郵筒前停下腳步，摸摸制服內的口袋，拿出一個信封。也許是今早的空氣太冰冷，深吸一口氣後突然覺得胸口隱隱作痛。不過，我也嗅到空氣中有股春天的氣息。

我毫不猶豫地將手中的信封投進郵筒，這封信將比我更早抵達東京。雖然收件人不是我，卻像是嶄新的我寫給現在的我的一封信。

這麼一來，我專屬的畢業典禮就算結束了。嗯，簡簡單單就好。

我自顧自用力地點了點頭。

寄完信後真想就這樣直接走回家，但我不會這麼做的。就算覺得再無趣，還是得先忍一忍，畢竟是最後一天了，還是到學校看看大家吧！

晴朗無雲的天空下，山脊顯得格外鮮明。在這個市郊外的小城鎮，看到的天空就這麼一丁點大。或許這裡的人並不以為意，但眼前這片天空狹小到令我快要窒息。雖然在東京，就算抬起頭也不一定看得見天空，也總比繼續待在這裡好。

離開郵筒，我往學校的方向走去，沒多久，身旁都是同校的學生。很聰明、長得還算可愛，但就是有點怪……這就是我在旁人眼中的印象。就是她，聽說她家很複雜……人潮之中，我隱約聽到有人這麼說。雖然感到刺耳，但我還是裝作什麼都沒聽見。

『咲良。』

耳邊傳來呼喚聲，我停下腳步，放鬆原本略顯嚴肅的表情，露出笑容回過頭。是美取和晴香，她們朝我揮了揮手。我們三個是同班同學，常玩在一起，只不過我還是和她們保持了點距離，不想黏得太緊。如果在學校被排擠，我可沒把握撐得下去，所以還是得找些同伴，但不是交心的那種。

『今天就是最後一天了，人家好想哭喔！』

美取突然抱住我這麼說。她總是情緒一來就想來點肌膚之親，我摸摸她的頭當作回應。不知道從什麼時候開始，我和美取的關係變得像是姊妹一樣。國二時我被選為班長，雖然心裡不情願，卻又不知道怎麼拒絕，只好勉為其難地接受了。

『美取乖～姊姊惜惜。妳就那麼不想拿成績單啊？』

『才不是咧！人家是不想和大家分開啦！』

她立刻抬起頭，誇張地噘起嘴表示不滿。但令我驚訝的是，她那雙單眼皮的小眼睛裡竟充滿了淚水。

『美取從剛剛就哭喪著一張臉。我看今天她要是沒帶毛巾，等會兒禮堂的地板肯定會淹水。』

聽到晴香的揶揄，美取的嘴翹得更高了。

『晴香，妳很過分耶！妳倒好，可以和妳最～喜歡的日立進同一所高中。只有我唸的是不一樣的學校，而且咲良也要去東京了，以後都見不到面了啦！』

『搭SUPER AZUSA只要兩小時就可以到東京啦！』

我說。美取的反應真像個小孩子，我和晴香不禁相視而笑。

仔細一看，晴香好像變可愛了。為了考高中，我從去年秋天就開始努力準備，還有家裡的事更讓我身心俱疲。聽說，晴香就是在那段時間和退出棒球社的日立在同一家補習班認識，然後越走越近。

因為不想被捲入無聊的傳聞裡，我對輕易和男生交往的女生總是避而遠之。所以知道晴香交男朋友，確實令我很意外。晴香的身材消瘦，胸部也是平平，中性的外表給人一本正經的感覺。這樣的她，也在不知不覺間散發出女人味，也許是戀愛的關係，讓她一直壓抑的女性荷爾蒙統統活了過來。眼前面帶笑意的晴香彷彿飄散出一股香水肥皂般的美好氣息，也難怪美取會嫉妒她了。

『咲良為什麼非去唸東京的高中不可呢？』

美取突然將話題轉到我身上。

『妳也知道嘛，有很多原因啊……』

現在我也只能說這麼多了。

『咲良不適合待在茅野這種鄉下地方啦！』

晴香體貼地出言為我解圍。

『也對啦！像我就覺得自己還滿適合的。』

美取開朗地說，讓氣氛頓時變輕鬆了。其實我不討厭她們兩個，我只是不希望太過顧慮彼此的牽絆，才選擇離開。

我們一起走進校門。學生會的學弟、妹們為我們在胸前別上胸花。

畢業典禮很順利地進行，也很順利地結束了。美取大哭的程度超乎我的想像，就連原先取笑她的晴香也哭了。基本上，所有的女生都哭了，男生也不時發出吸鼻子啜泣的聲音。這就是畢業典禮的既定模式，每個身處在這種氣氛之中的人應該都會想哭。外頭還很冷，春天的腳步還很遠，在體育館裡看著大家哭成一片，我覺得自己好像也應該哭一下。

可是，我還是沒哭，因為我的心已經不在這裡了。周遭的這一切對我來說已是過往，參加畢業典禮就像看畢業紀念冊一樣，我並不打算把畢業紀念冊帶到東京去。此刻，彷彿明天的我正從體育館的天花板俯瞰著國中生涯的最後一頁，飄飄然的，是入夢之前舒適的那種放鬆感。

畢業典禮結束後，我們在學弟、妹的包圍下走出體育館，這時，我在人潮中看到銀河的臉。銀河是我繼父的兒子，雖然我們沒有血緣關係，但他把我當成真正的姊姊一樣看待。

我對銀河笑了笑，他也朝我露出笑容。

真是個不錯的畢業典禮。這麼一來，我也可以放心地去東京了。

想到這裡，突然覺得有些鼻酸。

我還以為自己這時候會哭出來，卻還是沒掉一滴淚。那股淡淡的哀傷已經飄向東京的天空，取代眼淚的是我的一個小噴嚏。

我一手拿著裝有畢業證書的圓筒，和晴香、美取一同走出校門。美取不捨地回頭看了看，晴香也跟著回頭看，只有我繼續往前走，因為已經沒有值得我留戀的事物了，我也不需要再勉強自己去配合她們。

以後，我就是一個人了。

往前走沒多久，美取馬上就追上來挽住我的手。我想美取需要談個戀愛。

『咲良，我會去東京找妳玩的。』

我也不假思索地回答：

『嗯，好啊！』

她接著問：

『那我可以住妳那裡嗎？』

『我想大概不方便。我住的地方是像女生宿舍一樣的公寓，規矩很多喔！』

『我也是女生啊！這樣不行嗎？』

『我不太清楚，要回去看看住宿規定才知道。』

一旁的晴香也開口了：

『是不是有門禁？』

『對，不過我不確定是到幾點。』

『如果要外宿也得申請，對吧？』

『或許吧！這我還不確定。』

『啊～不能外宿嗎？東京有很多地方可以玩到很晚的說。』美取拉了拉我的手臂。

『沒辦法，那是我媽挑的。』

也許是我的反應太冷淡了，美取似乎有些不高興。

『那如果妳像晴香一樣交了男朋友怎麼辦？』

『等等，幹嘛扯到我身上啊？』

因為害羞而臉紅的晴香，我還是第一次看到，感覺真有趣。交男朋友應該也是遲早的事，不過我並不是為了談戀愛才去東京的。

『說到這，咲良好像變漂亮了。』

晴香突然說出這句話。

『我變漂亮了？』

『是啊！暑假結束後，我就這麼覺得了。』

晴香看了看美取，尋求她的認同。

『嗯，咲良本來就很正啦！雖然妳極力隱藏，但還是躲不過我們的法眼喔！』

我先是一愣，然後說：

『什麼嘛……被抓包啦！』

我雖然表面上裝作若無其事，其實心裡還是有點不安。我不是自戀，只是多少知道自己還算可愛，所以才會隱藏自己，表現出平凡的樣子。要是因為外表而被不喜歡的男生告白，說不定會招來其他女生的反感，因此我才會和晴香、美取親近。當然，我並沒有輕視她們，只是沒想到她們也會在暗中觀察我。小圈子真可怕！假如我沒有保持一點距離，說不定會被挖出更多事。

『妳已經有男朋友了吧？暑假是不是發生了什麼事？』

聽到美取這麼說，我趕緊搖搖頭。我現在真的沒有男朋友。不過暑假倒也真的發生了一些事，所以今天早上才會去寄信。但這些話我並不想說，因為這是我自己的事。

『怎麼可能？我又沒去上補習班。晴香才是真的變漂亮了。』

話一說完，晴香給了我一個白眼。

『怎麼又扯到我這裡來了？』

『硬要說我變漂亮的原因，應該是我可以去東京唸高中了。暑假的時候，我就已經下定決心了。』

我一不小心就說溜了嘴：

『從搬到這裡的那一刻起，我就一直想離開這裡。我們那個家實在太小了，讓我住得心浮氣躁。』

晴香和美取都不發一語。

『……』

『呼！終於說出心裡想說的話了。』

我吐了吐舌頭，一副放下心中大石頭的模樣。晴香和美取也跟著笑了出來。這是我最後一次這樣說了。

『我相信咲良去了東京以後，一定會變成大美女的！』

晴香的話聽起來像是在為我加油打氣。她這個人真的不錯，下輩子我們應該可以變成真正的好朋友。

『討厭！這樣一來，不就只剩我一個人沒辦法變漂亮？真是悲慘啊我。』

美取用雙手摀住剛剛在畢業典禮上哭腫的雙眼。美取也很好，下輩子我們應該能成為真正的朋友。

不過，在這之前我還是要去東京。忘記過去、拋開一切，變成一個大家和我都不認識的、全新的咲良。我已經受夠了晴香和美取認識的那個我。只要能捨棄現在的自己，變成大美女也未嘗不是件好事。

我們三個人有一搭沒一搭地邊走邊聊。我壓抑住心中想快步向前跑的念頭，陪著晴香和美取緩緩地走著。

『咦？那不是谷川同學嗎？』

眼尖的美取這麼說。回頭一看，在我們身後二十公尺的地方有個男生慢慢地跟著。

『真的耶！是谷川同學。』

晴香也跟著附和，只是她看我的眼神有點怪。谷川同學和我們同班，我記得他是籃球社的，他和晴香一樣，畢業後都要進這裡最好的高中就讀。我對他的了解就這麼多。

看到我們停下腳步，谷川同學也跟著停了下來。

晴香悄悄地在我耳邊說：

『咲良，他一定是有話要跟妳說。』

『為什麼？』

現在是什麼情況啊？

『谷川同學和日立是好哥兒們，他跟日立說他很喜歡妳喲！』

『啥？不會吧！』

我就是不想惹上這種麻煩，才故意裝成不起眼的女孩子的。

『谷川同學還說只有他才懂得妳的好呢！』

晴香說完後，順勢把我推向前。她這個舉動像是和谷川同學打了暗號，他接著喊了我的名字。他大概忘記自己已經變聲，聲音高得很假，還有點破音。

『喂，藤森！』

谷川同學發出青春的吶喊。但一想到他叫的是我的名字，我就一點都笑不出來了。

『你們慢慢聊，我們先走囉！』

這時候晴香卻突然變得機靈起來，硬是拉著美取離開。離開前，她又在我耳邊說：

『妳別看他瘦瘦高高的，好像有點靠不住，其實很多女生喜歡他呢！每次籃球比賽，他都打得超棒。遠距離戀愛好像也不錯，妳考慮看看囉！』

美取一聽，立刻反駁：

『可是學弟、妹對他的風評很差耶！聽說他很愛指使人。不過，日立好像也會喔！』

聽到美取這番評論，晴香馬上臉色大變，說：

『運動社團的訓練本來就會比其他社團嚴格一點，這很正常啊！』

沒想到向來溫和的晴香會變得那麼激動，不光是美取，就連我都愣了一下。戀愛的力量真是神奇。

『好了，走吧！』

美取心不甘情不願地被晴香拖著走。

『咲良是四天後要去東京吧？我們會去車站送妳的。』

晴香故意大聲嚷嚷好讓谷川同學聽見，接著朝我用力地揮了揮手後，就和美取一起離開了。再見了，也許下輩子我們三個人會變成真正的好朋友。不過我打算自己一個人默默離開，不讓任何人送我。沒錯！一定得這麼做。

揮揮衣袖，不帶走一片雲彩。我不禁喃喃說出這句話。回過神，我望著站在眼前的谷川同學，只見他瞇起雙眼看著我，但我身後並沒有陽光。或許這一刻，在他眼中的我看起來很耀眼。不過，也只限於這一刻了。

『我有話想跟妳說。』

谷川同學的眼神就像隻被遺棄的可憐小狗。唉！如果你要告白的話，還是省省力氣吧！

『幹嘛？』

乍聽之下，和我平常說話的感覺差不多，但我故意加強了語氣。難怪谷川同學會被嚇到，但他還是慢慢地朝我靠近。

仔細一看，谷川同學還真是有夠普通，只有身高會讓我覺得果然是籃球社的。

或許是練籃球的關係，他的確是很瘦。看著谷川同學，讓我想起一個認識的男生——那個被我叫作『窩囊廢』的傢伙，那個沒出息的傢伙。

不過，谷川同學卻讓我連替他取綽號的念頭都沒有。其他女生我是不知道啦！可是我對他真的一點興趣都沒有。硬要說有感覺的地方，大概是他憂鬱的眼神吧！或許這也

是他吸引女孩子的地方。看起來有點壞壞的好學生、又很會打籃球，這也難怪他會在這種鄉下地方的學校受到歡迎。

『在這裡說可能不太方便。』

谷川同學看了看四周。雖然這是上下學的必經之路，但在這令人昏昏欲睡的午後，根本不會有人經過，當然也完全沒有氣氛可言。

『不然你是想到女神湖邊划船邊聊嗎？』

話一說完，我看到谷川同學再度露出驚訝的表情，因為在學校，我絕對不會用這種揶揄的口氣跟男生說話。雖然身上還穿著學校的制服，但從畢業典禮結束的那一刻起，我就恨不得快脫下這身制服，偏偏這時候谷川同學卻跑來攪局。

『去女神湖也可以啦！可是租船的店現在應該還沒開。』

谷川同學慌張地回答。這傢伙真遲鈍，難怪會喜歡上過去那個偽裝的我。

『我開玩笑的啦！』

其實我很少跟班上的男生開玩笑。不過，谷川同學倒是鬆了一口氣。

『我沒什麼時間，四天後就要去東京了，還有很多事要準備。』

『我知道。妳因為家裡的事，所以選擇唸東京的高中。』

我的天啊！這傢伙果然不是普通的遲鈍。既然知道，幹嘛還隨隨便便就把這種事說出口？我就是因為不想被人說三道四才要去東京的。

『所以呢？你要說什麼？』

我說話不知不覺地變得很不客氣。

谷川同學顯得有些畏縮，但還是接著說下去：

『雖然妳不是很出鋒頭的女生，但我覺得妳很聰明、成熟又可愛，和班上的其他女生就是不一樣。我喜歡妳，請妳和我交往。』

『真的很抱歉，我沒辦法答應你。』

我輕輕地低下頭。或許他的觀察力還不錯，但他了解的並不是真正的我。

沒想到谷川的反應比我想像中的激烈。

『為什麼？就算妳去了東京，我們還是可以通電話，放假的時候也可以見面。難道妳討厭我嗎？』

『不，我不討厭你。』

『那為什麼……』

『但也不喜歡你。』

『妳這是什麼意思？』

他太單純了！討厭的相反並不等於喜歡。不過，我還挺羨慕他這種個性的。

他的世界一定非常單純。

『意思就是，我不喜歡你，也不討厭你。』

『我不懂。同班的這段日子以來，我的眼裡只有妳。我以為妳都知道我對妳的心意。如果討厭我，請妳直說。』

我哪知道啊！自從決定考東京的高中後，我只想著一定要考上，哪來的閒時間去管別人對我的想法？

真拿他沒轍。既然如此，我只好再說得白一點了。

『我只當你是同班同學，完全沒有任何感覺。而且，你喜歡上的並不是真正的我，那個我已經不存在了。你喜歡的是連我自己都討厭的我。』

谷川同學露出困惑的表情。他真是遲鈍得無藥可救，看來，以他單純的想法是無法了解我的意思了。

『妳別再說這些我聽不懂的話。如果討厭我就直接說吧！這樣我就會死心了。』

再跟他瞎扯下去也是白搭。好吧！既然你希望我說，那我就說囉！

『你煩不煩啊！我就是討厭你，這樣可以了吧？』

正當我準備開口的時候，耳邊卻傳來另一個聲音。回頭一看，原來是銀河。我們不但住在一起，上學的路也是同一條，他會出現在這裡並不奇怪。只是被銀河看到這樣的場面還真是丟臉。

『你是藤森的弟弟？』

谷川同學頓時也覺得很尷尬。

『你被甩了啦！不要再纏著咲良姊。』

銀河走上前來擋在我面前，狠狠地瞪著谷川。

『開什麼玩笑啊你！』

本來谷川衝上前，準備一把抓住銀河。但這時，他注意到我的眼神。

『莫名其妙。』他匆匆丟下這句話就掉頭離開了。

頓時，我覺得這一切真可笑，眼角不禁擠出一滴淚。當我用指尖抹去淚滴的時候，郵差剛好騎著摩托車從身旁經過。

今天早上我寄的那封信應該已經被送上車，正朝著目的地前進吧！

那封寫著感謝與決心的信，是我專屬的畢業證書。

不知道隼看到那封信會是什麼表情。肯定又是一臉沒出息的樣子。

今天我甩了谷川；明天，隼應該也會覺得被我甩了。以後會變成怎樣呢？為了找尋答案，我將出發前往東京。過去一直掩飾自己的我，今後會變成什麼樣子呢？光是想像，我就覺得心臟撲通撲通地越跳越快。

『咲良姊。』

銀河的口氣流露出孤單。

『雖然那個白癡活該被甩，但我心裡也很難受，好像自己也被妳甩了一樣。』

於是我決定給這個被我留在家裡的弟弟打打氣。

『銀河，我教你一個絕對不會被甩的絕招。』

『哪有這種絕招！』

我看著他，微笑說：『當然有，那就是不要愛錯人。』

『就這樣？』

『這很重要的。剛剛那個男生在我們學校很受歡迎。他明明有那麼多對象可以挑，卻偏偏要跑來說他喜歡我。』

『咲良姊也很受歡迎啊！』

銀河說完這句話，有點害羞地側過頭去。我在心裡默默地想著，雖然現在的我還沒辦法，但不需要等到下輩子，希望我們能早日成為真正的姊弟。

『回家吧！』

我和銀河肩並肩地踏上回家的路。回到那個有媽媽、繼父和剛出生的小響的家，那個四天後我將要離開的家。

2. F和弦大難關

下午五點，超市開始限時特賣。我把兩塊五百圓的鹿兒島縣產黑豬里脊肉排放進手推車裡，老爸接著走到蔬果區，說：

『煎豬排的配菜要做什麼好呢？』

『醃蘿蔔。』

回答了老爸的問題之後，我才想到做配菜有點麻煩，而且我也不是很愛吃醃蘿蔔。正值發育期的我，從昨天開始就突然變得沒什麼胃口。倒也不是沒食慾，因為時間一到，肚子又會像感冒的鴿子一樣發出咕嚕嚕的悶叫聲。從這點看來，我的身體應該沒問題，或許是接收身體反應的大腦出了問題吧！或許我應該去看看青春期門診。

超市裡擠滿了人，老爸原本還能穩穩地推著手推車前進，卻像遇到上坡一樣突然停下來，還向後退了幾步。不過，超市的地板平得很，老爸也沒有跌倒在地。

只見老爸用他那雙瞇瞇眼直盯著放外國蔬菜的櫃架，眼神中還帶著點靦腆。

我想他可能是發現了什麼新奇的貨色。

『荷蘭芹耶！』

老爸伸出手拿了很一般、又不怎麼受歡迎的荷蘭芹。

『以前不管是什麼料理，一定都會用到荷蘭芹。』

他的口氣充滿了感嘆。

然後，他哼起歌來。

那是首和荷蘭芹有關的英文歌，聽起來和老爸平常在家洗澡或做菜時哼的即興歌曲差不多，但那旋律卻讓我一直聯想到歐洲的古老教會，胸口為之一震。這應該是首老歌，不過倒很符合我現在的心情。

當老爸把荷蘭芹放進手推車後，我問他：『你在哼誰的歌？』

『喔，這首歌啊！』老爸看著我，接著說：『你應該不知道吧！雖然我聽說最近的音樂課本裡也收錄了這首。這是賽門與葛芬柯的〈史卡博羅市集〉（Scarborough Fair），這首歌在一九六八年的時候紅遍大街小巷，那時候老爸我還只是個小學生呢！』

果然沒錯，是首我聽都沒聽過的歌，還是非常舊的老歌。

『老爸，你小學的時候就聽得懂英文歌啦？』

『怎麼可能！上國中以後才會的，我們班上的同學都會唱喔！』

我突然對這首歌感興趣了，問：『那你有沒有這首歌的CD？』

『那時候哪來的CD？只有黑膠唱盤，就是唱片啦！可是那種又黑又大的唱盤音質很容易受損，所以我跟朋友借了唱盤後，就把歌錄在錄音帶裡，不過錄音帶也很容易遇熱受損。想想都過了多少年頭，現在都已經是MP3的時代了。』

『是啊！你連白頭髮都冒出來囉！』

老爸最近對鬢角（但老爸不知道為什麼搔著自己耳朵下面）的白髮好像很在意。老實說，他的白髮又不是最近才有的，而且我倒覺得白頭髮看起來也挺有魅力的。

『我有CD啦！等一下吃飯的時候再放給你聽。』

老爸丟下這句話後繼續往前走。

除了黑豬裡脊肉，我們還買了幾樣蔬菜、蛋和兩公升裝的瓶裝水。

走出超市時已是黃昏了。因為就快到春天了，所以天色還不是太暗。

不過，迎面而來的冷風卻讓人有些不是滋味，吹在身上，彷彿在對我說：『喂，春天要來啦！你準備好了嗎？』雖然風不大，卻好像故意撫過我身上每個毛細孔。嘿~又過了一秒囉！風再度提醒了我。

唉！煩死了。

此刻我心中滿是焦躁，轉頭看了看身旁的老爸。

老爸一派輕鬆地晃著手中裝有蔬菜的塑膠袋，邊走邊哼著剛才那首老歌。

或許老爸正在回憶國中時的自己，那時的他就和我現在差不多大吧！那段大約三十年前的青春歲月，正好是我年紀的兩倍，感覺還好遙遠。將來，我也會像老爸這樣回憶過往吧！真希望那天早點到來，但又希望那天永遠別來，我的內心充滿矛盾。

今天的晚餐是煎豬排配上一大撮的荷蘭芹。我和老爸面對面坐著，邊吃邊聽那首〈史卡博羅市集〉。CD的音色比老爸哼的更沉穩，像從濃霧中慢慢飄散出來，深深地滲入我的心。

『老爸，這首歌在唱什麼啊？』

『嗯……』老爸嘴裡嚼著豬排，吐出這麼一句話：

『就是雜草的歌啦！』

『雜草？』

老爸用筷子夾起一撮荷蘭芹說：

『荷蘭芹、鼠尾草、迷迭香和百里香。』

的確，我有聽到這一小段。

『那些應該是香草吧？』

『香草不就是雜草？』

『那雜草怎麼了？』

『雜草被賣到史卡博羅市集啦！因為那裡賣的全是些破爛玩意兒，所以香草在那裡算是很值錢的了。』

哇咧，這是哪門子的回答啊！

『虧你還說得有多喜歡這首歌，我看你一點都不了解嘛！』

聽到我的數落，老爸故意裝出一副苦瓜臉，咬著荷蘭芹。

『哈哈！再去買些鼠尾草、迷迭香和百里香來烤一烤好了。雖然老爸我不愛香草，不過女人倒是很愛這些東西。明明就只是堆雜草罷了。』

『又在糊弄我。』

話才說完，只見老爸把筷子放下，一副正襟危坐的模樣。

『好啦！專心聽好喔！這首歌是英國民謠，一般人都認為這是一首情歌。可是，仔細一聽會發現有另一個人跟著在唱不一樣的歌詞。另一個人唱的是關於反戰的歌詞，就是反對戰爭的意思。』

嗯，我也有聽到另一個聲音唱著不同的歌詞。

『這首歌還真複雜。』

『這樣的歌才有意境。但這都不是重點，當時老爸只是想把聽起來浪漫的歌唱給我喜歡的女孩子聽，獲得對方的好感。我在你這個年紀的時候，常幻想和喜歡的女孩一起去公園裡，並肩坐在草地上，彈吉他給她聽，然後我躺在那女孩的大腿上不知不覺就睡著了。等我醒來時已接近黃昏，剛剛在旁邊玩耍的孩子們也都回家了，公園裡只剩下我和她。正當我準備起來的時候，女孩悄悄地把臉湊過來，我們就接吻了。』

聽到老爸這番話，真教我不知如何反應才好。老爸的幻想聽起來還真有點怪。

『你這是什麼亂七八糟的幻想啊！』

『這應該是「很普遍」的幻想吧！』

說到這裡，老爸原本像學者深思熟慮般皺在一起的眉頭立刻放鬆，恢復成兩道拱形。

『原本已經遺忘的記憶又統統湧上心頭啦1』

看著胃口大開的老爸嗑著豬排的模樣，我也把盤子裡的東西吃得乾乾淨淨。

為了消化掉油膩的豬排，飯後，我泡了茶來喝。當我喝到味道已經變淡的第三杯時，老爸拿出了吉他盒。

對喔！老爸偶爾會彈吉他。真的是偶爾，所以我都快忘了。

老爸拿著吉他盒走到沙發上坐下，從盒子裡取出吉他，用布擦拭乾淨後，開始調音。

乒乒、乒乒、乒乒。

啵啵、啵啵、啵啵。

號稱音癡的我聽到的就是這種聲音。我常在想，吉他真是種不可思議的樂器。人的手指只有五根，吉他卻有六條弦。就連老爸常彈的夏威夷小吉他也才四條弦，感覺夏威夷人才是對的，四條弦對五根手指不是比較剛好嗎？

等彈吉他的手感回復之後，老爸嘴裡嘟囔了一聲便開始彈。

是那首〈史卡博羅市集〉。

聲音聽起來有點卡卡的，好像在公園裡彈吉他的國中生或高中生。

國中生，或高中生。

說到青少年時期，老爸想起的會是哪一個階段呢？昨天剛參加完國中畢業典禮的我，在四月高中開學前應該是哪種身分呢？感覺自己懸在半空中，就像從月台正要進入電車的那一瞬間，一隻腳還在月台上，另一隻腳卻已進了電車，往下看則是一片黑。此刻我的心情彷彿就像慢動作播放著那樣的狀態。

老爸的手停了下來。

『沒想到我還記得怎麼彈。』

『因為彈給女孩子聽過嘛！』

『對啊！不過那是我長大後的事了。而且不是在公園，是在我的房間，記得當時彈這首歌還被對方嫌太悶了。』

沒錯，我也有這種感覺。

『當時很流行迪斯可，用一把民謠吉他，就是現在說的木吉他那樣自彈自唱早就退流行了。虧我還那麼認真地練吉他，真是白忙一場。』

『誰叫你居心不良，練吉他只是為了討女生歡心。』

『你在胡說什麼？老爸年輕的時候啊，男生為了引起女生注意，每個人都練吉他練到手指破皮，還是咬著牙苦撐下去。這哪裡是居心不良？這叫純情。』

『就跟出雲那傢伙一樣嘛！』

出雲和我一樣都是國中部手球社的社員，我們會一起直升高中部，也會一起加入高中部的手球社。他個子不高，除了有點臭屁又常見不得別人好之外，基本上還算是個不錯的傢伙。

『出雲就是為了吸引女生注意才加入手球社的。』

『了不起！坦白就是一種美德。有明確的目標，更讓人幹勁十足。』

『他練習的時候是挺認真的。』

『要是把妹的那種野心能夠發揚光大，進而讓球隊比賽獲勝的話就更好了。』

老爸用吉他彈出鏘～的一聲，像是故意激我。
『聽說擔任社長的朝風同學是為了培養體力才加入手球社，參加高中聯賽也是為了增加個人經歷。』
『不是為了女生啊？看來他倒是挺懂得為自己的將來鋪路。』
『他說以後要當政府高層官員。』
『了不起！坦白就是一種美德。』
『更讓人幹勁十足！』
我立刻補上這句。老爸用力地點點頭，鏘～鏘～鏘～地撥了弦三下。
『對了，那你又是為了什麼加入手球社呢？』
『……就朝風同學問我要不要參加啊！』
『你應該覺得滿好玩的吧！』
『嗯，還可以囉！』
老爸再度彈起〈史卡博羅市集〉的前奏，並且重複剛才說過的那句話。
『了不起！坦白就是一種美德。』
不過在我聽來，他的口氣就像幼稚園老師在安撫小朋友一樣。所以我也故意跟著補上一句：『可是我卻完全沒有幹勁耶！』

『那你就想成只要好好練，就能把女孩子迷得團團轉，就可以啦！』

又來了。

『我考慮看看啦！』

我知道老爸在想什麼，我知道他一定對號入座，腦中浮現了某個女孩的名字，但他不會把那個名字說出口，我也不會說。我這麼做自然有我的理由，老爸應該也知道，不然多少也感覺得出來。畢竟我們父子倆也生活了好長一段日子，一起住在這不算大的公寓裡，只要稍微留意一下，難免嗅得出彼此的情緒。

『喔～那你就慢慢考慮吧！這段時間最適合思考囉！』

我起身走到沙發邊，在老爸身旁坐下。

『要不要唱唱看？』

老爸把〈史卡博羅市集〉的歌詞遞給我。雖然這是首英文歌，但歌詞還算簡單，不過歌曲本身的旋律倒是挺複雜的。話說回來，要和老爸一搭一唱，感覺實在很怪。當然，我們父子倆的感情還不錯，只是我現在正值叛逆期，對這種情緒還是有點排斥。

『算了吧！我聽就好。』

『那你要不要彈彈看？』

老爸迅速地將吉他放到我的膝上，就像把懷裡的一隻小貓交到我手中一樣。我的左

手也很自然地握住了吉他的琴頸。
『我不會啦！』
『誰說的？你的手那麼大，當初不就是因為這樣才被找去加入手球社的嗎？』
『對啦、對啦！我手大，腳也大。』
『彈吉他跟腳沒關係。而且你的手指細長，簡直就是彈吉他的標準手型。』
『可是我很不靈活。』
『只有生活方式啦！老爸也是一樣啊！』
絕對不一樣。老爸只有婚姻失敗，其他都很順利，就連我也被他制得服服貼貼的。
『你先按住這裡和這裡。』
老爸把我左手的食指和中指放在弦上。
『然後右手撥一下。』
鏘～
『不錯嘛！這就是E和弦。』
『喔～』
看吧！我又被他控制住了。
『接下來，試著按住下面那條弦。』

鏘～

吉他發出了怪怪的聲音。雖然我的耳朵無法接受，但心裡卻默默認同。

『這就是〈史卡博羅市集〉裡用到的第二種和弦。你彈得很棒啊！』

『我都說了我不會嘛！既然你要教，就教我簡單一點的啊！』

『隼，你聽好，老爸為什麼要在女孩子面前彈這首歌呢？這首歌乍看之下好像很難學，其實一點都不難。這是全部用開放和弦彈奏的曲子，彈奏時不必花太多力氣就能發出好聽的旋律，而且完全沒有封閉和弦。』

『什麼是封閉和弦？』

老爸伸手硬拉住我的食指去碰觸全部的弦，用力壓下去。

『老爸，很痛耶！』

『你再彈彈看。』

我再度用右手撥了一次弦。

嘰～～

真是令人不舒服的聲音，根本就是噪音。

『吉他有六條弦，單手彈一定不夠，所以要用食指的指腹去按住所有的弦。這種彈法彈出來的就叫封閉和弦，最具代表性的就是F和弦。』

接著，老爸又拉住我的中指、無名指和小指放在弦上。不彈我也知道，這樣發不出聲音。

『這就是F和弦。過去多少曾夢想能受到女孩青睞的少年們，學吉他後遇到這一關真的是欲哭無淚，彷彿掉入可怕的地獄。F和弦可以說是閻羅王，或說是吉他界的人面獅身像。』

『你也太誇張了吧！』

『哈哈！我是太誇張了。』

我悄悄地將手指從弦上抽離。小指好像快抽筋了。

『老爸把這個叫作「F和弦大難關」。』

雖然老爸說得理直氣壯，但我總覺得這不是他想出來的，應該是抄別人的說法。

『你什麼時候想到的？』

『呃……最近。』

果然不出我所料。

『這首〈史卡博羅市集〉最大的魅力啊，就是不需要挑戰F和弦大難關。』

聽到老爸這樣說，就算是看起來脾氣很好的賽門與葛芬柯也會發火吧！這兩個人會不會也是為了吸引女孩子注意才開始練吉他的？姑且不管這個，後來我才知道，那個爆炸頭高個子、就是擔任高音的葛芬柯先生，會用這首歌來練吉他。

『你再試著彈彈看吧！』

『嗯。』

我還是被老爸說服了。這倒也沒差，反正無所事事地度過這個春假也很浪費，練練吉他總比沒事做好。從小學開始，我唸的就是國立大學的附屬小學，畢業後升上國中部，現在也要直升高中部了，雖然只是在同一個校園裡換個教室上課，但我的人生正要邁向嶄新的階段。這段空白的時間我想做點事，給自己一個交代，當作成長的證明。春假結束後，就算又掀起迪斯可風潮，就算這首歌聽起來很悶也無所謂。反正我目前也還沒有想彈吉他給哪個女生聽，我也不期待躺在誰的大腿上或和誰接吻。但如果學會彈吉他，晚上無聊的話，至少有個打發時間的方法，而且練這首曲子不需要為了越過F和弦大難關而搞到我手指破皮。

大概練了一個小時，我發現除了左手，就連右手要練的動作也很複雜。但我還是決定相信老爸說的：『和節奏練習相比，有規律的琶音練習比較簡單。』我想我可能有點失去信心了。

看到我把吉他收進盒子裡，老爸說了這麼一句話：

『隼，你聽好，不管遇到多少困難，只要持續練下去，你一定可以突破F和弦大難關。記住，可以慢慢來，但不能逃避。』

『我還不知道我要不要繼續練。』

『對啦！就是這種隨性的感覺。』

看著毫無幹勁的我，老爸滿意地點了點頭。他是為了安慰我才故意裝遲鈍的，老爸就是這麼善良，之前都還覺得沒什麼，但現在忽然有點心痛。

『我回房間囉！』

我對老爸說，站了起來往房間走去。

我躺在床上，從書桌的抽屜裡拿出一封信。不是裝公文的那種牛皮紙信封，只是一個簡單的白信封。郵戳來自茅野市，一個位於長野縣南部，以精密機械、觀光旅遊及高原蔬菜聞名的小鎮。從車站的收費道路一直往前走，最後會抵達一個結冰的湖。我想現在湖水應該變暖了，雪說不定也融了。

冬天，我離家出走，去了茅野一趟，然後我遇到了一個離家出走的少女。

春天，那個少女也要到東京來了，這次不是離家出走，她獲得父母的同意，到東京的高中就讀。

都是這封信惹的禍。

或許不全是如此，但我就是這麼認為。

昨天，我收到了這封信。畢業典禮結束後，我回到家時隨意地檢查了一下信箱，就看到這封信躺在裡面。我想老爸應該沒看到。

打開信封，裡面裝著兩張信紙。

第一張寫著：『窩囊廢，謝謝你過去的幫忙。』

第二張則是：『窩囊廢，我已經決定忘記過去的事了。』

沒了。

『窩囊廢』是這封信的寄件人給我取的綽號，這個詞在日文裡的意思是生於陰暗處、發育不良的果實，用來形容臉色蒼白、手腳細長的我簡直再適合不過了。雖然心有不甘，但我也不在乎了。

起初只覺得驚訝，現在回想起來真是一肚子氣。她怎麼都只想到自己！雖然已經被咲良耍過很多次，但她這次真的太過分了。

因為咲良想唸東京的高中，我盡我所能地幫了她不少。暑假時陪她去參觀學校，秋天陪她去聽說明會，冬天還幫她去看榜單，甚至幫她把入學申請書寄到茅野市給她。

本來我還在想，春假的時候可能會被她叫去幫忙搬家什麼的，看來都是我自己在作白日夢。

忘記？難道她也要我忘了從去年春天開始的這段日子？但她寄這封信，明明就是要我別忘了她。再說，我的記憶力還沒差到能因為這封信就忘了那些事，我的心也不是那麼單純好騙。這封信，甚至引發了我一些不好的聯想。

我開始恨咲良。

這個春假，除了學會〈史卡博羅市集〉，我什麼都不想了。

3. 東京的草蜥

車窗外流洩的甲府盆地景致在陽光下顯得格外耀眼，充滿了春的氣息。再過不久，桃樹上綻放的花蕾就會轉為桃紅色了。

到時候，我所離開的長野才剛要進入初春。而我，則將在東京展開新生活。

嘴裡含著一口在茅野車站販賣部買的茶，還剩一點就喝完了。就在這個時候，走道旁的座位伸出一隻手，說：

『我也要喝。』

『好啊！』

坐在我旁邊的是銀河。他清了一下喉嚨，一口氣咕嚕咕嚕地大口喝光了瓶子裡剩下的茶。

『間接接吻。』

銀河揮揮手中的空瓶，嘴裡突然迸出這麼一句。這是我第一次聽到他開這樣的玩笑，這也是他第一次跟我要喝過的東西來喝。表面上，我和銀河像是處得不錯的姊弟，

但我們之間仍保持著一定的距離。這正是我所希望的關係，我並不想讓銀河討厭我。

原本我就打算一個人默默地離開，所以才會比告訴美取和晴香的日期又提早一天出發前往東京。我想就這樣一聲不響地消失，但這件事卻瞞不過同住一個屋簷下的銀河。他知道我打算提早離開後，堅決表示要送我到東京。看到他手裡緊握著存下來的零用錢和壓歲錢的認真模樣，銀河的親生父親藤森先生忍不住大笑起來，對他說：

『怎麼，你要離家出走啊？』

『我還會回來啦！』

一旁的媽媽則語重心長地說：

『銀河，本來應該是我去才對的……』

『媽，妳還要照顧小響啊！』

對於我媽這個繼母，銀河就是有辦法毫不扭捏地喊她『媽』。雖然我覺得他這個性很討喜，卻不會羨慕他。媽媽聽了銀河的話，低頭看看懷裡的小寶寶後，又抬起頭輕輕地瞪了我一眼，接著看了看藤森先生。

『咲良，妳說呢？』

藤森先生問我。起初我就婉拒讓藤森先生或媽媽送我到東京，因此，要不要讓銀河作陪也該由我決定。

我早就決定要自己去了。

可是銀河強烈的視線彷彿在對我訴說：『別丟下我。』不，應該是：『咲良姊，妳好詐！』也不對，如果硬要說，或許是：『不要排擠我。』

回想起這一路走來，還真是風波不斷，簡直比去蓼科的大門街道❶還要曲折。之前銀河也曾去過東京一次，只不過那次是陪藤森先生去的。或許是因為沒對我事先說明，也沒先徵求我的同意，銀河猜想我應該會拒絕，所以他只是默默地看著我和媽媽之間的對話。我想他應該有話想說，卻還是強忍著沒說出口。

『那就讓銀河陪我去吧！』

我妥協了，如果這麼做可以讓銀河心裡好過一點的話，妥協也無所謂，畢竟他也一直很努力想讓家裡的氣氛變得融洽。

聽到我的回答後，銀河睜大了雙眼，非常驚訝。想必他原先已經作好會被我拒絕的心理準備，但仍執意要去。

我和銀河一起搭公車到茅野站。一路上，銀河緊抓著我的大行李袋不放，其實那並不重，但他堅持不肯放手。大部分的行李已經用宅配寄到女生宿舍了，基本的家具配備，新家都有，所以並不需要大張旗鼓地搬東西。不過，最後我還是讓媽媽和銀河的爸爸送我到公車站。

坐在隔壁的銀河手裡還拿著剛才喝完的空瓶，對我說：
『咲良姊，妳在生我的氣嗎？』
我迅速從他手中抽走空瓶，說：
『傻瓜，生什麼氣啊！』
說完，我將手裡的空瓶捏扁，發出奇怪的聲音。
『你怎麼會這麼想？』
『嗯……我也說不上來。但我知道咲良姊離開長野是有理由的，而且這也是妳的自由。』
『銀河呢？你不想離開長野嗎？』
『我也不是沒有想過，但我不像咲良姊一樣聰明，高中應該還是會留在長野唸，所以離開這裡也是好久以後的事了。再說，我還不確定要不要唸大學。』
『好久以後的事』這句話讓我想起隼，那個老是一臉呆樣的窩囊廢。
『咲良姊，我可以問妳一件事嗎？』
『什麼？』

譯註❶：日本的國道一五二號以陡峭曲折著稱。因中途經過長野縣的大門山脈，所以別稱叫『大門街道』。

我轉身面向銀河。這時我們搭的特快車SUPER AZUSA正好經過鐵橋，也許是河面反射的陽光讓銀河感到刺眼，他瞇起眼看著我。車輪疾駛在鐵軌上，發出尖銳的聲響，儘管如此，我還是清楚聽到了銀河說的話。

『去了東京，是不是會有什麼好事？』

車廂輕微地搖晃著。我側著頭等電車通過鐵橋。

『沒有啊！不過之後會發生什麼事，我自己也不知道。』

『妳不怕嗎？』

『當然會啊！我心裡很害怕、很不安，昨晚躺在床上，身體還一直發抖耶！我只好把身體縮成一團，用雙手緊緊地抱住自己，然後就不知不覺地睡著了。後來一覺到天亮，早上起床後，覺得整個人都變得很放鬆。』

『是喔？』

『是啊！我並不是因為知道會發生什麼事才去東京的，只是因為想去才去。簡單的說，就是缺乏思考還有任性而已啦！』

我們之間陷入一片沉默。就像在品嘗從未吃過的料理時，比如魚子醬或松露，必須專注品嘗的那種安靜感覺。過了一會兒，銀河出聲打破沉默。

『茅野也算是滿不錯的地方。』

我附和地點了點頭。我想這是銀河的真心話。

『可能是因為我在茅野沒有朋友。』

『妳有啊！只是不算真正的好朋友。』

銀河知道我在想什麼。

『而且也沒交到半個男朋友。』

『妳才剛甩掉一個啊！況且妳也不想和他們交往吧？都是一群鄉下的土包子。』

『你講話會不會太毒啦？』

『好吧！因為他們都很「俗」。』

『我也好不到哪裡去啊！』

『妳是裝出來的。』

『對喔！我是裝出來的啦！』

我說話不知不覺地大聲了起來，前座的人還回過頭看了一下。我原本想用力拍銀河的背，趕緊把手抽了回來，對他吐了吐舌頭。銀河則是一臉尷尬地往旁邊看。

電車進入了隧道。我和銀河各自陷入沉思。

穿過山谷後，映入眼簾的是東京郊區的街景，此時銀河依舊背對著我，看向窗外。

眼前隨處可見高樓林立，房屋緊鄰著排列。一班班電車忙碌地交錯而過，長長的月台上也站滿了人。

不過，這景象我早就看慣了。

去年五月的校外教學時是搭遊覽車來的，後來我又自己來過東京好幾次。

又快過一年了。

帶著不確定的心情來到東京的我，今後就要在這裡展開新生活了。

這一切的起因都是隼。我只能這麼想，當初就是為了去見見和我處境相同又同年的隼，我才會來東京。嗯……應該說只是好奇他是個怎麼樣的人。雖然本來就沒抱著什麼期待，但他還真是讓我大失所望。一臉窩囊樣，所以我才忍不住給了他一拳。當時不知道為什麼，就是覺得很火大，以前我從沒那麼生氣過。還記得當我聽到爸、媽離婚以及媽媽再婚的消息時，只覺得全身無力。但見到隼的時候卻正好相反，全身的血液像忽略了地心引力一股腦兒向上衝，也忘記三十六度才是正常的體溫，自顧自地熱血沸騰。

然而，東京還是令我神往。去年暑假從家裡偷溜到東京，還給隼添了很多麻煩。

在新宿站下車後，立刻感受到空氣中飄散著比茅野早一步的春意。

我穿著薄大衣，銀河也把外套拿在手裡。這樣的天氣不需要穿太多。

銀河似乎察覺到我的眼神飄忽不定。

『咲良姊，妳是不是在想隼可能會來……』

『我哪有？』

我想也不想地就否定他的說法。

『我又沒跟他說我什麼時候會來東京，而且這陣子我們已經很久沒聯絡了。』

除了那封信……

不過，我心裡可能還是在期待隼的出現，才會試圖在人群中搜尋他的身影。真是糟糕啊我。

『這裡人真多，一不小心馬上就會迷路了。』

『沒問題的，我已經記住這裡的路了。跟著我走吧！』

正當我們準備往前走的時候，人潮中出現一個揮手的身影，於是我停下腳步。那似曾相識的笑容……不是隼，是隼的爸爸。

『嗨！妳比我想的還早到。我剛剛先繞去書店晃晃，不知不覺就過了這麼久，還怕妳已經走掉了。』

隼的爸爸輕輕擦去額上的汗珠。

『您怎麼知道我搭今天的車到東京呢？』

『妳媽媽打電話告訴我的。』

我不自覺地皺了皺眉。原本打算自己一個人默默離開，不讓任何人接送的，這個計畫全被媽媽破壞了。

『隼……他人呢？』

銀河看了看隼的爸爸身後，確認隼沒來後才開口問。

『嗯。我問過他，但是他說不能來，大概有什麼重要的事吧！』

『這樣啊……』

隼確實遵守了我的期望，真是老實得可以。不過這樣也好。

『行李給我拿吧！』

隼的爸爸伸出手打算接過銀河手中的行李袋。銀河馬上避開他的手說：

『我拿就好，這不會很重。』

『好吧！不過東京的搶匪很多，你可要抓緊行李喔！』

銀河立刻握緊行李袋的把手。隼的爸爸看了，笑著拍拍他的肩膀說：

『我是開玩笑的啦！只有某些地方治安差了一點，大致上和茅野差不多。我們先找個地方坐下來喝點東西吧！』

銀河有點生氣地鼓起臉頰，但隼的爸爸已經往出口的樓梯走去。我隱約聽見銀河的嘆氣聲，忍不住輕聲地笑了出來，看著他一臉無奈地跟在我身後。我原本打算一個人來東京，現在身邊卻多出兩個人，雖然有些遺憾，卻也覺得輕鬆許多。

突然間，我想起昨晚作的那個夢。

我一個人在新宿站下車，當我準備大步往前走的時候，隼出現了。我對著他破口大罵：『你幹嘛來啊？』之後我是踢他、揍他還是抱住他呢？後面的夢境就變得很模糊了。

忽然覺得鼻子一陣癢，一定是杉樹花粉的關係。

走著走著，我好像看到人群裡有個和隼相似的身影，雙腳不由自主地朝那個身影走去。不知道為什麼，突然覺得很緊張，我不自覺地變得小心翼翼。

『怎麼了？』

銀河的聲音讓我停下腳步，但我的目光仍在持續搜索。

『喔！沒什麼。』

當我再度往人群看去時，那個身影卻消失了。像是被擺了一道，原本緊張的情緒瞬間冷卻了下來。在東京像隼那樣高瘦的男生應該不少見，或許是我看錯了，也可能是我把夢境和現實搞混了。才剛到東京，況且身邊還有銀河和隼的爸爸陪伴呢！我趕緊提醒自己要振作起來。

『沒什麼事，快走吧！』

我催促銀河往前，快步追上隼的爸爸。

我們走進新宿站附近的一棟大樓，雖然已過了午餐時間，但隼的爸爸還是請我們吃午餐。銀河好像心情不太好，一直看著窗外新宿的街景。不過等他點的豬排咖哩飯一上桌，他馬上就嗑個精光，所以我又把自己的番茄起司披薩分了兩塊給他。

『沒事先和您商量就自己決定了住的地方，您卻還願意當我的保證人，真的很感謝您。』

吃飯時，我趕緊向隼的爸爸道謝。在東京住的宿舍是我住在橫濱的親生父親幫忙找的，起初媽媽並不贊成，但她也沒辦法另外找，加上離我唸的高中又近，最後她就接受了。我和媽媽為了房子租約的事來到東京，沒想到手續卻很複雜，所以來不及去拜訪隼的爸爸，後來只好把文件寄給他，請他當我的保證人。

之後，我和帶來入學申請書的隼度過了兩天一夜，在茅野站分開至今都還沒再見過面。

『沒關係啦！咲良有很多事要忙，妳媽媽又沒辦法北上幫妳辦那些事。』

『等我一切都安頓好了，再到府上去拜訪您。』

『好啊！有空的話就多來玩，反正隼也是閒在家裡沒事做。』

『他不用練習手球嗎？』

『春假好像不用練習。國中畢業後，高中部又不必另外入社，所以他一整天都無所事事的樣子。』

自從去年春天第一次見面被我K了一拳後，我對隼一直很粗暴。在他面前的我和在茅野時完全是不一樣的人，我也不知道哪一個才是真正的我。不過，進高中後，我一定要打造一個全新的自己。也是因為這樣，我才決定要和隼暫時保持距離。

『我看他今天一定又是待在家裡彈吉他。說什麼有比見咲良更重要的事，我看只是幌子。』

不知道是不是我想太多了，我總覺得隼的爸爸的口氣好像是想試探什麼一樣。我試圖岔開話題：

『這也很難說嘛！我們這個年紀都是這樣啊！不過，我還不知道他會彈吉他呢！』

『剛開始學而已啦！彈出來的聲音還是怪怪的。』

我在腦海裡想像著隼彈吉他的樣子。

『感覺他好像彈得不怎麼樣。』

『哈哈！他的手是真的挺適合彈吉他的，也不知道學不學得會。』

銀河吞下嘴裡的披薩，問：

『怎樣的手才適合彈吉他啊？』

『手掌要大，手指細長。』

銀河看了看自己的手，搖搖頭說：

『唉！那我就不行了。』

『不過，你的手適合做需要力氣的工作。』

聽到隼的爸爸這麼說，銀河立刻將他短短、胖胖的手收回。

隼的爸爸因為等會兒還有工作的事要談，就在那裡和我們分開了。

『接下來呢？你要到我住的地方嗎？』

『好啊！』

銀河簡短快速地點頭回答。

『你是我弟弟，應該可以進去。不過先告訴你，我住的地方很無聊喔！』

『我可以幫妳整理房間。』

『也沒什麼需要整理的，只要把衣服和一些生活用品收好就可以了。』

我和銀河走入新宿的人潮中，買了車票，坐進電車。雖然我表現得好像很習慣這一切，其實心裡非常忐忑不安，生怕一個不小心就會迷路。身心俱疲的情況下，肚子又餓了起來，真後悔把披薩給了銀河。

我住的女生宿舍是棟瓷磚嵌砌的大樓，共有五樓，位在大馬路旁一處清靜的住宅區。我的房間在四樓。我向大門管理員說明了我和銀河的關係，沒想到他立刻就答應讓

銀河進宿舍。

我們搭電梯前往四樓，電梯裡還有另一位住在這裡的房客，我猜想她應該是大學生。聽說這裡的房客大部分都是大學生。難怪管理員看到銀河一點反應都沒有，在她眼裡，銀河或許稱不上是男人，只是孩子而已。我隱約聞到她豐滿的身材散發出的香水味，我想在她眼中，我也只是個孩子。

房間大約四坪大，木質地板上擺著簡單的床和書桌，角落有個小廚房和衛浴間。這對我來說已經相當足夠了。

『好有都市的感覺。』

銀河不禁脫口說出這句話。在茅野，不但看不到公寓，更沒有大廈，我想此刻銀河一定深刻體會到我到了一個和茅野截然不同的地方。

我們把三個瓦楞紙箱的其中兩個打開，稍微整理了一下行李，很快就整理完了。

『妳房裡沒有電視嗎？』

雖然房間裡有個人用的小冰箱，卻看不到電視。

『這裡不能擺電視，就連收音機和音響也不行。』

其實我是騙他的。還沒打開的那個紙箱裡有個小型音響，不過我現在沒那個心情和銀河一起聽音樂。我們並肩坐在床上，背靠著牆。

也許是這個房間太久沒人住了，我感覺到牆壁滲出一股冷空氣。窗外傳來烏鴉的叫聲，還有汽車的煞車聲。

銀河突然吐出這麼一句：

『我很喜歡咲良姊。』

我故意露出曖昧的微笑，對他說：

『嗯，我知道啊！』

『真的嗎？我一直以為咲良姊不知道我的心意。不過，都無所謂了。』

我偷偷看了銀河一眼，他好像有點在鬧彆扭，那表情，我在家裡也很少看到。其實我不知道這種時候該怎麼辦。我向銀河靠近，在他耳邊低聲地說：

『那……要不要我親你一下？』

銀河聽了，立刻嚇得挺起身子。

『不要啦！』

『真的啦！』

我伸出手扣住銀河的脖子把他拉到我身旁，並將嘴唇湊近他的臉。銀河馬上別過頭，一副準備落跑的樣子，但他並不是真的想躲。因為如果他真的不願意，我早就被他推開了。

『咲良姊，別鬧了啦！』

『你既然說了，就要有心理準備啊！』

啾！我親到銀河了，但不是他的嘴，而是他害羞得像蘋果一樣紅通通的臉頰。一親完，我便捧腹大笑。銀河則是不停地用手背擦拭臉頰，就像是很寶貝的襯衫被果汁噴到一樣，擦了又擦，擦了又擦。他還走到廚房擰開水龍頭，洗了洗臉。

『銀河，對不起啦！我真是個壞姊姊。』

我故作開朗地說。銀河慢慢地搖搖頭，水滴順著他的臉滴在地板上。

後來我們就這樣默默地走回新宿。正當銀河準備搭上回長野的AZUSA列車時，我對他說：

『暑假我會回家一趟，所以在那之前盡量別跟我聯絡，好嗎？我想一個人努力看看。』

『嗯。我也會好好努力的。』

銀河點了點頭，但卻一副欲言又止的模樣。

送走銀河後，我突然很想直接癱在月台的長椅上休息。真的好累。不過，我還是拖著疲累的身體，小心翼翼地搭上回宿舍的車。

天色已經變暗了，我想起剛才肚子餓的事，看到車站前正好有家連鎖速食店，我便往那家店走去。不過在自動門打開前，我停下了腳步，心想還是別吃這個好了。

我轉而看著速食店旁那家老舊的餐館。在茅野或其他縣市也會有這種當地的拉麵店。這家店完全感受不到東京的氣息，也無法保證好吃。我看了看店外陳設的菜單，價格比茅野還貴。雖然心裡有些猶豫，但我還是選了這家。與其說是因為想吃，我倒認為是『應該』吃。奇怪，為什麼我會有這種想法呢？

我推開門，發出了喀啦喀啦的聲音。櫃台後的老闆朝我這裡瞥了一眼，低聲說了句『妳好』。店裡已經有兩桌客人了，一個是看起來像上班族的男子，另一桌則是位中年的大嬸和小學低年級的孩子。大嬸邊喝啤酒，邊抬頭看裝在從天花板垂下的電視，螢幕上正播放著綜藝節目，一旁的孩子則大口地吃著中華蓋飯。還好，沒什麼人。我在櫃台邊找了個位子坐下。

老闆馬上端出一杯水放在我面前。

『我要炒飯和煎餃。』

『好的。炒飯、煎餃馬上到。』

老闆複誦了一次，轉身開始料理。雖然我還想點杯啤酒來喝，但最後還是忍住了。這水還真難喝。實在太難喝了，害我開始懷念起茅野。不過，隨後端出的炒飯和煎餃倒是很好吃。看起來很普通，好像也沒特別講究，卻很道地。我用湯匙大口地扒起炒飯往嘴裡送。

這是我在東京的第一頓晚餐，只花了短短的十五分鐘，價值八百五十圓。

離開拉麵店，過了平交道後，商店街上的店家也都關門了。此時，我聽到身後傳來腳步聲。那規律前進的腳步聲，和我保持著一定的距離。

起初，我以為腳步聲的主人會在某個轉角和我分開。但連續經過好幾條巷子，那腳步聲卻一路緊跟著我，就連轉彎的地方也都一樣。

我開始感到不安。記得隼的爸爸說過東京和茅野的治安差不多，這麼說，既然茅野有色狼，東京也不會例外了。夜幕低垂，走在這個還不熟悉的新環境裡，我覺得越來越害怕。比起長野鄉下的田中小徑，這寂靜的住宅區好像更容易上演色魔攻擊美少女的戲碼。

我介意得不得了，覺得耳裡只聽得到腳步聲不斷回響。

要不要回頭呢？腦中反覆出現這樣的念頭。說不定是我自己想太多了。可是，如果回頭會不會刺激到對方，反而受到襲擊？還是乾脆用跑的算了？但一想到對方可能會追上來，我就失去了跑的勇氣。

我真是個膽小鬼。如果在茅野，我肯定會停下來，擺出臭臉回頭看。假如真的遇到色狼，大不了跑回家就是了。

了。

只是，我現在只有一個人。銀河也回去了，又不能叫隼來，況且現在叫他也來不及

或許，這腳步聲的主人就是隼，我試著這麼安慰自己。不過就我對隼的了解，他不會穿這種走路會發出聲音的皮鞋。

到了下個轉角，我偷偷地回頭看了看。但那腳步聲的主人正好站在路燈照不到的暗處，所以我看不出來對方究竟是男是女。我只能斷定對方不是小孩，而且也沒穿裙子。

宿舍就快到了。

我應該可以安全脫身，不過要是這樣，不就等於告訴對方我住在哪裡了？

再往前走幾步，對面就是我住的宿舍。一樓的燈光讓我回想起那是一家餐廳，聽說宿舍的房客去那裡吃飯可以打折。

雖然才剛搬到這裡，但一回到自己住的地方，加上餐廳的燈光，讓我鼓起了勇氣。

我在餐廳前停下腳步，裝出很兇的表情回頭看。這次我一定要看個仔細。

不過，腳步聲的主人似乎毫不在意，仍然繼續往前。

原來是個女生。看起來比我大，應該是個大學生。

看清楚對方的臉後，我立刻鬆了口氣，就像洩了氣的氣球一樣。好尷尬……我趕緊裝成在看餐廳前擺的菜單。

『這裡的餐點好吃又便宜，妳可以考慮看看喔！』

呃……還是被注意到了。看來這女生應該是餐廳裡的人。

我趕緊回答：『我已經吃飽了，改天再來。』

『這樣啊！那歡迎妳下次來吃吃看喲！』

話一說完，她便進了餐廳。

也許是緊張感都消失了，我在宿舍前發了好一陣子的呆。隨意地看了看四周，我發現宿舍門口的樹叢晃了一下，發出沙沙的聲音，一隻草蜥從裡頭爬了出來。

『東京也有草蜥啊！』

口中不自覺吐出這句話。以後我可能會越來越常自言自語吧！

我蹲下來就近看著那在茅野經常出現的草蜥。茅野的男生只要一看到草蜥就會用力地踩住牠的尾巴，草蜥察覺到危險會立刻斷尾逃生。但我從沒踩過。

突然間，我有了這樣的念頭。

趁著草蜥沒發現的時候，我舉起腳，用力地朝牠的尾巴踩去。

當我抬起腳時，草蜥的尾巴已經斷了，因為太過突然，不知道是我的速度快，還是尾巴早就斷了。一切都發生得太突然，我踩到尾巴的那一瞬間，失去尾巴的草蜥早就唰地跑回樹叢裡，動作敏捷地令人措手不及。

留在地上的尾巴不停地扭動，彷彿大叫著：『我好痛、我好痛！』蜷曲、跳起、再蜷曲。尾巴激烈地重複這樣的動作，就像是爆不出煙火的蝴蝶炮。

我再度蹲下，盯著尾巴瞧。

並在心中默數。

一、二、三、四、五、六……

那斷掉的尾巴還真厲害。都已經脫離身體了，還能一再重複蜷曲、跳起的動作。

五十三、五十四、五十五、五十六、五十七……

我繼續默數下去。尾巴的動作也變得越來越慢，但有時候還是會跳得很高。

一百三十五、一百三十六、一百三十七、一百三十八、一百三十九……

我和尾巴呈現拉鋸戰的狀態。尾巴失去了跳的力氣，只剩前端勉勉強強地左右搖晃。

……一百八十。

尾巴終於不動了。

我站起來，雙手扠在腰間。突然間，心裡有種奇妙的感覺。

草蜥的尾巴會再重生。但，新長出來的尾巴和以前的不同。怎麼個不同法？我也不知道。

希望能長出更好的尾巴。

我在心中暗自為草蜥祈禱。真是自私的想法，就算現在祈禱，草蜥也不會原諒我吧！對不起啦！因為我真的很想親眼看看尾巴斷掉的樣子。

我撿起不會動的尾巴，放進樹叢裡用土蓋起來。人家是黛玉葬花，我是咲良葬尾。想到剛剛斷尾的草蜥，我心中充滿了歉疚。

回到房間裡，我隨意躺在床上。

拿出手機，卻不知道該打給誰。

現在的我孤單一人。雖然寂寞，我卻覺得自己像是飄浮在靜默、深沉的湖上，享受著孤獨的愉悅。

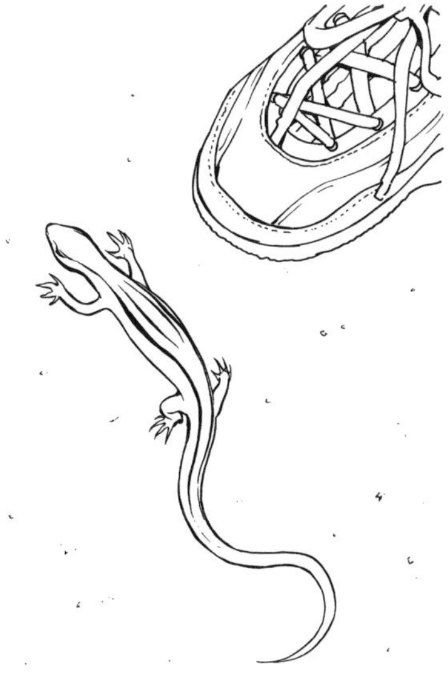

4. 神秘的跟蹤狂

左手指尖隱隱地作痛，就連右手也變得不聽使喚。雙手的不適讓我無法專注。

我用力地撥了撥吉他的弦，想趁火氣還沒爆發前趕緊讓自己冷靜下來。

吉他發出刺耳的怪聲，讓我心情變得更差。

如果一不小心把弦弄斷，大不了再換條新的就好了。雖然我也不知道怎麼換。算了，再叫老爸教我吧！說不定老爸看到弦斷掉了，還會主動幫我換好。我又不是把吉他摔壞了，他應該不會為這點小事生氣才對。

話雖如此，心裡還是怕會把弦給弄斷。一想到自己是這種個性，真覺得窩囊。

我把膝上的吉他輕輕地放在沙發上。

這種時候真想來杯香草茶。荷蘭芹、鼠尾草、迷迭香或百里香哪種都好，喝了應該能讓心情平復下來……應該吧！

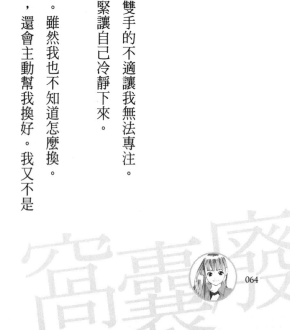

我站了起來，走到廚房燒開水，拿出茶包泡了一杯普通的紅茶。

外頭正是所謂的『小陽春』。小陽春是用來形容初冬陽光和煦的天氣，但這也是我唯一想得到的貼切形容。只不過，我的心情卻不像外頭的天氣一樣平靜。

『燙燙燙燙！』

剛泡好的紅茶當然會燙，不過我的反應的確是誇張了點。

『我到底在幹嘛啊？』

這也是我的自言自語。

現在家裡只剩下我一個人。剛剛老爸接到一通電話後便出門了，雖然他問過我要不要一起去，但我拒絕了。

電話是咲良的媽媽打來的。

『咲良的媽媽說，她今天會到東京喔！』

『是喔……』

我故意裝作意興闌珊的樣子。

『我手邊的工作就快完成了，等會兒和老爸一起去新宿車站接她吧！』

『我不去。』

原本盯著電腦螢幕看的老爸朝我投出狐疑的眼神，我趕緊補上一句：

『我今天有事。』

『什麼事？』

『就是有點事啦！』

我隨便扯了個理由。要是老爸繼續問下去怎麼辦？我想老爸一定也很清楚我根本沒事可做。現在手球社不必練習，而且我又沒幾個朋友，能做的事只要五根手指頭就算得出來。我的生活還真是單調到連說謊都會被抓包，這也難怪老爸會叫我好好利用這段時間把吉他練好。

『既然這樣，我就自己去囉！』

老爸很乾脆地接受了我的說法，回過頭繼續盯著電腦螢幕。雖然他很了解我和咲良之間的事，卻不知道咲良寄了那封信。我想他一定覺得我怪怪的，但他完全不過問。不過老爸這種反應反而讓我更加不安，因為這也是老爸慣用的伎倆，假如不小心上了他的當，到頭來後悔、懊惱的就是我自己。

這樣一來，我就更不能去接咲良了。反正早就決定好不去，現在就算老爸再怎麼說我都不會去。

老爸匆匆忙忙地出門了。

我想紅茶並沒有鎮靜效果，因為我的心情一點都沒有平復。不過應該有利尿作用，喝完沒多久，我就去上廁所了。

『我這也算是沒事找事做吧！』

話一說完，反而更覺得自己真的無事可做。既然都跟老爸說我有事要做了，一直窩在家裡也不是辦法。家裡沒裝監視攝影機，就算窩在家裡也不會被抓包，但一想到老爸那超敏銳的直覺，我就一刻也待不住。絕對不能被老爸發現，而且說有事要做的也是我，如果真的什麼都沒做，怎麼說得過去呢？

我把茶杯放到廚房的水槽裡，準備外出。在長袖T恤外套上一件薄外套，把錢包和手機放進口袋裡，穿上大尺寸的運動鞋，打開門走到外面的走廊上。鎖上門後，就出門了。

呃……去哪兒好呢？我思考著接下來該怎麼辦。

咲良今天來東京了。她應該有很多事要忙吧！整理行李、添購不足的東西、了解宿舍附近的環境，從今天起，她就要展開新生活了。本來我還以為她又會拖著我陪她到處跑，我都已經認定今年春假會被咲良呼來喚去的了。雖然討厭，卻又暗自期待，哪怕會被罵、被打或被踢，和咲良在一起確實常會讓我氣得半死，但也有不少開心的事，虧我還一直認為咲良是需要我的。

誰知道，我早就被她丟在一旁了。對咲良來說，我只是在東京幫她帶路的人。原來她早就打算和我撇清關係，在東京展開她的新生活。

雖然接過兩次吻，但我也沒因此就認定彼此是男女朋友的關係。不過，我們好歹也算是比普通朋友好一點的關係吧！再不然，至少也算是遠親啊！本來說不定我們會成為姊弟呢！咲良來東京後，我們之間的距離雖然縮短了，但內心的距離卻變得更遙遠。看了她寄來的信後，我更加深信她想和我保持距離的決心，所以要是我真的和老爸去接她，她一定會故意用對待陌生人的態度看我。想到這裡我就覺得很痛苦，覺得她真的好可惡。

實在想不出要做什麼好，我先走到離家最近的車站。反正要出門，也是得到車站搭車。

回想起去年夏天最熱的那段日子……

那時咲良就靠在剪票口前的柱子旁，一臉不安的模樣。想到這裡，我用力地甩了甩頭，不行，我不能再沉浸在過去的回憶裡。現在的我還不到緬懷過去的年紀，再過不久我就要成為十五歲的高中新生了，應該好好思考自己的未來，縱使前方濃霧瀰漫也要勇往直前。

我抬頭看了看自動售票機上方的路線圖。

先想想今天的行程吧！等會兒要去哪裡好呢？

我不知道的地方還真多，大部分都是聽過但從沒去過的站名。就去那些地方看看吧！到了以後四處走走，再想想要做什麼。或許會遇到什麼事，也可能完全沒有。此刻的我實在沒什麼心情去發現新事物，如果和咲良一起去的話，說不定會發現有水池的公園，還在那裡划小船……唉！我怎麼又來了。

時間就這麼一分一秒地過去，我的春假就這樣從指縫中流逝了。都是咲良害的。我不由得把錯都歸到她身上。

我在沒有選好目的地的情況下隨便買了張車票，坐上了電車。

一回過神，才發現自己到了新宿站。

不會吧！我既沒夢遊症，也沒暫時失去記憶，這樣的事怎麼會發生在我身上啊！我竟然還是到了新宿站。沒關係，趕快換車就沒事了，我不斷這樣告訴自己。

但，一看到通往特急列車抵達月台的通道出現在眼前，腳還是不自覺地停了下來。對了一下時間，咲良搭的SUPER AZUSA應該已經到了，我看到不少人提著行李從通道的另一頭走出來。

一開始跟老爸說不來的我，最後還是來了，但我還是覺得不該和咲良見面。我想老爸或許也察覺到了。

人潮中，我拚命找尋著那熟悉的身影。我平常是不會這樣的，但這次，我不知不覺地躲進柱子後面東張西望。要是參加手球比賽時，我也能這麼機靈就好了，腦中突然浮現這樣的念頭。

才剛躲到柱子後面，我就看到拿著大衣的咲良了。我的心臟大力狂跳，感覺體內傳出振動耳膜的巨大聲響。看見咲良一臉東張西望的模樣，難道她是在找我？

老爸就走在咲良前面，而在她身後不遠處是銀河。她正在跟銀河說話，然後便快步上前去追已經走遠的老爸。

咲良還是那麼可愛。

如果我現在追上去，她會怎麼樣呢？

想歸想，我卻沒勇氣真的去做，搞得自己很痛苦。

我緊貼著柱子慢慢移動，這個樣子看起來一定很可疑。不過大家只顧著往前走，沒人注意到我。咲良也是如此，她一臉冷漠從我身旁經過。

此刻，咲良的可愛卻令我感到厭惡，只覺得自己從柱子後面窺視的眼神變得越來越陰沉。我幹嘛這樣偷偷摸摸的啊？只是見個面應該沒關係吧？難道我連開開心心去接她的權利都沒有嗎？

雖然心裡感到很難過，卻有另一種情緒湧上心頭。不被對方發現、躲在暗處偷看這件事，讓我產生了些許的快感。因為就算咲良不願意，我還是看得到她。

他們的身影變得越來越小，漸漸隱沒在人群裡。

要不要追上去呢？

我努力克制自己想追上前的腳步。今天，我第一次發揮了堅強的意志力。

『我可不想變成跟蹤狂。』

我試著用開玩笑的語氣說服自己。

順手摸了摸額頭，才發現自己正在流汗。雖然氣溫已經慢慢回升了，不過我的體溫應該更高吧！因為情緒太亢奮了，如果現在吃塊巧克力，我肯定會大噴鼻血。

對喔！我還有事要做。

我搭上電車並在某一站下車。這裡我好像來過。

看了看車站外的周邊地圖，我依尋著模糊的記憶往前走，但心裡倒還算平靜。對我來說，東京有一大半的路我都完全沒概念。雖然只是碰碰運氣來到這裡，卻覺得有股熟悉的感覺。

途中雖然走錯了幾次路，最後還是順利抵達了目的地。

那個有水池的公園。

去年秋天，我和咲良一起來過這裡，當時我們也是隨意亂晃才走到這裡的。還記得那天我被咲良叫去陪她參加一所高中的說明會，那所高中就是她後來考上的學校。其實也不只那一天，每次她來東京，我就得不停地被她使喚。去年冬天，她把我叫去茅野，害我差點被凍死。

所以當咲良考上東京的學校後，我就作好心理準備要當她的跟班，雖然心有不甘，卻又忍不住期待。

今天咲良到東京了，我躲在柱子後偷看她。

今天不是假日，池面上飄著許多艘小船。岸邊有人正在釣魚，他們身後是跑鬧嬉戲的孩子們。一切是如此優閒平靜，風和日麗。我心想，秋天的時候風景很美，春天的也不賴呢！就和我預料的一樣。但我卻沒有預料到自己會在這時候舊地重遊。

對了，去年秋天我和咲良在這裡搭船的時候，在說明會結束後對咲良獻殷勤的那個叫富士的傢伙，竟然就坐在腳踏車上看著我們，原來他一直在後面跟著我們來到公園。那傢伙的行為不折不扣就是個跟蹤狂。

我想起當時富士的眼神，剛剛我在新宿站不會也是用同樣的眼神看咲良吧？雖然不想和那傢伙變成同類，但那種偷窺的快感我還記憶猶新。想到這裡，我就心一沉，感覺心臟要掉到肚子裡去了。

我走到小船出租店的窗口。

『我要租一艘手划槳的船。』

『三十分鐘夠嗎？』

『好。』

我也划不了多久啦！

我從口袋裡拿出零錢付費，拿著票走進乘船處。

『你一個人啊？』

膚色黝黑得像是烤焦吐司的大叔雙眼不停上下打量著我。

『嗯。』

『被女朋友甩啦？』

大叔放聲大笑。

『呃，大概吧！』

我也報以曖昧的微笑。

『一個人划船也是挺有意思的啦！』

大叔用手裡的竹竿把船拉了過來，示意我快坐上去。我笨手笨腳地彎腰坐進船裡。

『看到情侶的話，不要故意去撞人家的船喔！』

說完，大叔用竹竿將船推離岸邊。

我握住船槳慢慢地划。途中，左手的船槳不小心抽離水面，濺起不少水花。雖然我不是故意的，但還是給附近的船客添了麻煩。

唉！我真的有夠拙。

慣用的右手拿捏不到適當的力道，左手又使不上力，所以船一直無法前進。我試著用左手去改變方向，卻只是在原地畫圓打轉，而且還是直徑超短的圓。

討厭啦～啊哈哈！

附近的船上傳出女人尖銳的笑聲。我知道她應該不是在笑我，臉卻還是熱了起來。

所以才說你是窩囊廢。

腦中不斷浮現咲良的聲音。雖然已經聽她說過好幾次了，這次卻感到異常清晰。每次聽她叫我窩囊廢，心裡總忍不住生氣又沮喪，不過現在還真懷念她那樣叫我。我居然那麼想她，真沒出息。咲良真可惡。此刻我的心情就像小船一樣轉個不停，超不穩定。

本來我還在想，今年春天再和咲良來這兒划船，夏天就到她老家附近的蓼科湖搭船。然而這一切只是我自己的幻想，過去我卻還深信可能會成真。

就說你是個窩囊廢嘛！

我又聽到咲良的聲音了，還有她那嘲諷的笑臉。

『我很快就不再是窩囊廢了！』

我搖搖頭，重新握住船槳。說什麼我都要學會划船，就算沒有機會再和咲良一起搭船，反正天底下的女生又不只她一個，升上高中後，說不定會遇到喜歡我的女孩。或許就像出雲說的一樣，在手球社表現活躍的男生就能吸引女生。或是像老爸說的那樣，學會彈吉他可以引起女孩子的注意。

最好是啦！

我又開始否定自己了，不可以！我鼓勵自己，只要練好手球、吉他、划船，想交幾個女朋友都不成問題。

咲良，到時候妳可不要哭喔！

呼！嘆了一口氣後，我開始哼起歌來。

是那首〈史卡博羅市集〉。雖然只記得歌詞裡有四種香草的名字，但旋律已經牢牢記在腦海裡了。我邊哼著旋律邊划著船，左手也慢慢能夠控制船槳了。

沒想到三十分鐘一轉眼就過去了。或許是練習有成，把船划回乘船處的時候出乎意料地順利。

『心情好一點了吧？』

被大叔這麼一問，我抓了抓頭說：

『還可以啦！』

本來還想酷酷地回答，要帥一下，卻還是失敗了。如果這時候咲良在旁邊的話，一定又會笑我是個窩囊廢。喔！我不要再想她了。

『那就好。有時間要再來喔！希望你下次帶女朋友一起來。』

『嗯，如果交得到的話。』

下了船，大叔拍拍我的肩膀，像是在為我加油打氣。看來剛剛上船之前，我的表情可能真的很像被女朋友放了鴿子一樣。

嗯……接下來要做什麼好呢？

距離天黑還有一段時間。老爸已經出門了，現在回家應該沒關係，不過我還不想回家。

我繞著水池邊隨意走走，找了張空的長椅坐了下來。暖暖的陽光照在身上，時間也隨之流逝。我的春假就像筆芯斷了的鉛筆被越削越短。

坐在我右邊長椅上的情侶旁若無人地開始打情罵俏，左邊則躺了位正在睡覺的老伯。一切是如此優閒平靜，風和日麗，但我卻漸漸感到焦躁。靠著椅子的背隱隱作癢，我意識到自己真的太浪費時間了。公園裡充滿一股溫暖的水氣和新鮮的綠意，周圍的櫻花樹上已經有花苞了，再過不久即將綻放出櫻花。抬頭望向天空，西邊那頭應該也快開花了吧！

還是起來走走吧！我從長椅上站了起來。

我就快上高中了，還被當成小孩看的話似乎有點說不過去，但又不能說自己已經是大人了。唉！難怪我只會在這裡亂晃，找不到事做。如果是朝風同學，一定會說：『去唸書就好啦！要不然去練練身體也好。』對未來已有明確目標的朝風同學來說，哪會有不知道該怎麼打發的美國時間？假如是出雲，光是想女孩子的事就能花掉一整天了吧！而對現在的我來說，一直去想咲良的事只會覺得更痛苦。

記得老爸說過在外頭如果沒事做，白天他會去咖啡廳，晚上就去居酒屋。他會在那些地方看書，邊看書邊喝杯香醇的咖啡或配上好酒和小菜，對老爸來說是件幸福的事，那會讓他覺得今天一整天都過得很美好。

不過，我不敢去居酒屋，也沒勇氣一個人去咖啡廳，而且我也不覺得去那裡會很開心。我手邊連本像樣的書都沒有，所以只能走路了。老爸說，天氣好的時候，去散步也是種幸福。他說的那種意境對我來說太深奧了，但走路我倒是很在行。

要往哪走呢？我往和車站相反的方向走去，也是和咲良考上的高中相反的方向。又是條沒走過的路。反正如果不想走了，還可以搭公車或電車。雖然東京很大，但我也不可能走到今天回不了家的距離。

說到這個，我想起一件往事。

記得小時候，那時老爸和老媽還沒離婚，我們經常三個人一起去散步。散步時，我很喜歡去找那些不知名的小巷弄，一有發現，我就會興奮地叫老爸和老媽陪我一起去走。就算心裡害怕，還是想走進去瞧一瞧。

『你自己去就好啦！』

通常老爸都會這麼說。自己一個人進去之後，走到一半時想到老爸、老媽可能會不見，我就會立刻慌張地往回跑。

『陪人家去啦！』

我急忙拉住爸、媽的手，這時老爸覺得沒轍，就會陪我去，而老媽通常都是待在巷子口等我們。走到巷子的另一頭，眼前立刻變得一片光明，我看了看四周後，會再跑回老媽身邊，開心地向她報告我的發現：『裡面什麼都沒有喔！』

為什麼我會想起這件事呢？明明早就忘了。應該說，我一直刻意不讓自己去想起小時候的事。散步能讓大腦裡掌管記憶的海馬突觸變發達，記憶力變好。這是老爸告訴我的冷知識。也許就是這個緣故吧！

走了一段路後，我搭上公車。這班公車的終點站是民營地下鐵車站。我在那裡搭電車，並在第二站下了車。這裡我也是第一次來，看起來像是東京任何一個地方都有的街道。但這不是我該來的地方，這裡是咲良今後生活的地方。

此時天色已暗了下來。

明知道不該來，雙腳卻還是不聽使喚地來到這裡。突然，我覺得肚子餓了起來。仔細想想，今天中午我什麼都沒吃，卻還跑去划船、散步，耗了一大堆體力。即使我是個身材高瘦的窩囊廢，也還是個正值發育期的青少年。

車站對面有家知名連鎖速食店和看起來髒髒、舊舊的自營拉麵店。我腦中最先想到的是炒飯和煎餃，但走近一看，卻沒有勇氣推開拉麵店的門。隔著毛玻璃隱約可以看到裡頭有客人在用餐，一股油煙味直衝腦門。雖然肚子咕嚕起了反應，大腦卻命令我別進去。如果是和老爸、老媽或是和咲良一起來，我應該就敢進去了，只有一個人的話實在沒那個勇氣。

速食店不必自己推門進去，只要站在店門前，自動門就會打開。歡迎光臨！耳邊還會馬上響起響亮的招呼聲。

我點了雙層起司漢堡、大薯和可樂。

拿著餐點走向裡頭的座位，坐定後，拿起雙層起司漢堡大口咬下。不知道咲良現在在做什麼？是和銀河在某處吃飯嗎？還是自己一個人在房間裡？總之，沒和我在一起就是了。我嚥下口中的食物，覺得喉嚨一陣酸，應該是夾在漢堡裡的酸黃瓜的緣故。

去年暑假咲良出現在我眼前的那天，我們一起去吃了漢堡。中途因為我們吵了起來，一氣之下我走出了店外。但我並沒有馬上回家，而是頂著大太陽，坐在外面的椅子上等咲良出來。咲良走出店門時完全沒了剛才的那股蠻橫，而是一臉無助的表情，像個迷路的孩子。我朝她走近，打了聲招呼，沒想到又吃了她一記飛踢……

發現自己又沉浸在回憶裡，我趕緊拿起薯條往嘴裡塞。這是最後的一根，雙層起司漢堡已經吃完了，可樂還剩一點點。

該是下決定的時候了。

到底要不要去咲良住的宿舍？

好煩。如果去了，不就真的變成跟蹤狂了嗎？

如果……只是到宿舍前看看應該沒關係吧？偷偷地看一眼，看看她房間裡的燈是不是亮著，就這樣而已。先不管她會不會生氣，我只看一眼，應該沒關係吧？

今天咲良的媽媽打電話來時，我偷偷記下了她宿舍的住址。當時我還沒決定要來看她，而是在車站前看到路標指示板的時候才想到的。

好像有人從拉麵店裡走出來。不會吧！再次確認後，我急忙躲到指示板後。果然是咲良。她只有一個人，銀河已經回家了嗎？不過她真了不起，那家我遲遲不敢踏進的拉麵店，她卻能自己一個人進去。

她過了平交道。

我得趕快追上去，結果不一小心撞到經過我身旁的一個女生。我趕緊將視線轉回指示板，等那女的過了平交道後，我才慢慢地跟上前去。

我知道咲良要去哪裡。那張地圖我已經反覆看了好幾次，路線早已記在腦裡。

中途等那個夾在我和咲良中間的女生轉彎後，我就可以往前縮短和咲良的距離。

不知不覺間，我起了這樣的念頭。隔著那女生的背影，我的雙眼緊盯著黑暗中咲良那小小的身影。我想起今天躲在新宿站的柱子後偷看著她時，那種難過又奇妙的快感。

但我失算了，那個女的一直沒有改變方向。這麼一來，我好像不只在跟蹤咲良，也在跟蹤著那個女生。假如真的被誤會也不足為奇。我現在的行為擺明了就是個跟蹤狂。

初春的晚風吹得我有些發冷。

結果，那女的一直跟在咲良身後。眼看就快到女生宿舍了，我停下腳步。宿舍角落的燈光映照出咲良小小的身影。這時她突然回頭看。

我的心臟瞬間揪了一下。她應該沒看到躲在暗處的我吧！而且在我們之間還夾著一個女生啊！

咲良和那女的好像在說些什麼，沒多久，那女的就不見了，但咲良卻站在原地，絲毫沒有要進宿舍的樣子。

過了一會兒，我看到她蹲了下來，很專心地在看著什麼，可是我看不清楚。我不敢往前走，只好繼續躲在暗處看著她，心裡卻感到很不安。偷窺的歉疚感讓我胸口一陣熱，就像喝了酒一樣。

又過了一會兒，咲良站了起來，手裡好像撿了什麼東西放進樹叢裡，還抓了把土蓋

上去，之後便走進宿舍裡。

我緩緩地朝她剛剛站的地方走去，悄悄往樹叢靠近，戰戰兢兢地用手拍去土堆。指尖好像碰到了什麼，大概是條繩子。我撿起來拿近一看，像是條斷掉的橡皮筋一樣彎曲的繩子。再仔細看，一邊的前端越來越尖，另一邊卻很粗，像是被切斷了一樣。

我覺得大腦裡的海馬體痛了起來。可能是剛剛那段路喚醒了遙遠的記憶，我開始試著回想這究竟是什麼。

『噁！』

我強忍著想大叫的念頭，將手中那截斷尾朝地上那隻草蜥扔去。

此時，咲良住的四〇三號房裡的燈正好亮了。我抬頭望著她的房間看了許久。

這時的我，臉上是怎樣的表情呢？

5. 無聲電話

一覺醒來，當我正要起床時，突然覺得有點怪怪的。用手摸摸床單，這才想起這張床並不是我平常睡慣的那張床。

睜開眼睛，看到的是白色的壁紙，應該算是淺淺的象牙白。再次環視這個房間，昨天本來還覺得剛剛好的簡單陳設，現在看來卻顯得有些冷清。

透過窗簾照進屋內的光線很強，太陽已經曬屁股了。我拿起放在枕頭邊的手機一看，原來快十點了。就算是假日，如果還住在茅野的家裡，我根本不可能睡到這麼晚。不過現在已經沒有人會叫我起床，我也沒辦法讓人叫起床了。

我下了床，走向小小的廚房。

好渴。大概是昨晚的拉麵和煎餃調味太重了。

我轉開水龍頭，把水裝到杯子裡，準備大口喝下。

『呸！』

我趕緊將口中還沒吞下肚的水吐掉。

好難喝！這水怎麼那麼難喝？好想用乾淨的水漱漱口。這股漂白水的怪味讓我想起游泳池裡的水。

我不禁皺起眉頭。

『這裡是東京啊！』

這水彷彿在提醒我，不要以為來到東京，任何事都會如我所願。

不過，這也讓我立刻決定了今天要做的事。首先就是去買水。雖然房裡已經有基本的家具了，但為了應付今後的新生活，還有些東西必須要買。我列了張購物清單，並在第一項物品補上預定之外的『水』。

這麼說來，之前在隼家，我也不是直接喝水龍頭的水。他家的水龍頭旁邊裝了一個淨水器，冰箱裡也放了好幾瓶水。之前隼問我茅野的家是不是用沖水式馬桶，當時我明明聽不懂還硬要笑，早知道就用東京的水龍頭流出來的水都不能喝來將他一軍才對。要是把環保問題先放一邊，我倒認為自來水問題比污水處理重要多了。

我一邊透過窗簾的縫隙往外看，一邊換上七分袖的T恤和牛仔褲。打開窗簾後，我刷牙、洗臉，順便梳了梳頭髮。鏡子裡的我看起來還有點睡眼惺忪，幸好眼睛沒腫起來。

普通可愛。

對了，我現在已經不需要裝了，也不用再堅持『普通』了。只是，就算不可愛也無所謂，要是我本來就不可愛，今後就這樣過日子吧！醜又不會礙到別人。我張開雙腿，雙手握拳扠在腰間。

我試著對鏡子扮鬼臉。

鏡中卻浮現隼的臉。

我對隼本來就不太客氣，那算是一種預演嗎？還是因為隼的隨性、散漫，讓我不自覺地在他面前流露出本性了呢？

算了，反正一切都已經是過去了。

我停止扮鬼臉，對著鏡子重新擺出笑臉，這時候我的手機響了。

看了看手機的螢幕，是晴香打來的。

雖然猶豫著要不要接，但我最後還是接了。

『喂。』

『喂，咲良。現在方便講電話嗎？』

晴香總是那麼體貼。假如我們在東京認識，一定可以成為真正的朋友。話雖如此，我卻又忍不住否定起自己的這種想法。

『嗯，我今天起得比較晚，剛整理好。』

『妳現在要出門嗎？』

『嗯。雖然時間有點晚，不過我想去吃點東西。』

『也對，現在已經沒有人幫妳準備吃的了。妳不打算自己煮嗎？』

『是有這個打算，總不能老是吃外面。』

突然間，晴香丟出這麼一句話：

『咲良，妳為什麼一聲不響地離開？』

雖然她的口氣平淡，但我感覺得出來她有點不高興。

『對不起，其實一開始我就打算默默地離開。雖然後來銀河也跟來了，但他也是昨天就回去了。』

『果然沒錯，到頭來咲良還是不肯打開心房。妳一直和我還有美取保持距離，對吧？』

電話那頭傳來一聲嘆息。是因為寂寞和憤怒嗎？我和晴香一直同班。當初剛轉學到茅野的時候，大家都偷偷談論我和家裡的事。正因為如此，我才一直認為晴香應該可以理解我為什麼無法敞開心房。

『美取很生氣吧？』

『是啊！她說妳很不夠意思，還說妳們的友情毀了。』

『我會再好好跟美取解釋的。』

這時，我想起昨晚那截草蜥的斷尾。就算已經和身體分離，牠還是持續跳動了一段時間。

『嗯。還有，就是那個……』

晴香似乎還有話要說。

『什麼事？』

『是關於谷川同學的事。我聽日立說，谷川好像受到了很大的打擊。妳說對他毫無興趣這件事比甩了他更讓他難受，他說自己好像傻瓜一樣被妳耍著玩。』

我聽了，心頭為之一震。

『才沒那回事。我只是……』

我只是說實話而已，但這句話對晴香又說不出口。對晴香來說，我傷害了她男朋友日立的哥兒們，就等於間接傷害她一樣，現在她一定覺得谷川比我可憐。這也沒辦法。

『而且妳還跟谷川說，他喜歡的並不是真正的妳。妳真的這樣說嗎？』

電話這頭的我只能默默點頭。

『對。』

『那我所認識的妳也不是真正的妳囉？我覺得有點傷心，妳這樣有點過分。』

心又刺痛了一下。

我一手拿著手機，另一手不自覺地摸向尾椎骨的地方。看來我的新尾巴也還沒長出來。

電話裡，我好像聽到有人在跟晴香說話。

『妳旁邊有人嗎？』

『沒有啊！我一個人而已。』

不過，晴香的聲音讓我猜想在她身旁的人應該是日立。她今天可能要和日立約會，順便利用等日立的時間打給我。後來她要我告訴她宿舍的住址，說完後就掛斷了。看來晴香並沒有大發雷霆，這讓我稍微放心一些。

和晴香通完電話後，我覺得口更渴了。但我不想再喝那難喝的自來水，於是我走出房間，手裡拿著包包和一件薄外套。因為真的太渴了，我決定先到樓下的餐廳一趟。如果昨晚遇到的那個女生也在就尷尬了。算了，反正我總有一天會去那裡吃飯。

搭電梯下樓時，我心想，只要捱到春假結束就好了。等高中的新生活一開始，大家就會把我忘了。到時候，我就能用全新的自己過生活，就像長出新尾巴的草蜥。

走出宿舍，從旁邊的入口進去就是餐廳。當初簽租屋契約時房東就告訴過我，這家餐廳也對外營業。

大概是午餐時間還沒到，店裡一個客人也沒有。

『歡迎光臨！』

開口招呼的就是昨晚那個女生。

我急忙找了個靠窗的位子坐下，拿起桌上的菜單像是要遮住臉一樣。或許是晴香的話還言猶在耳，我無法靜下心看菜單裡寫了些什麼。

咚。桌上立刻擺了杯水。

『妳真的來了。』

那個女生用充滿活力的聲音向我打招呼。

『是啊！』

我拿起桌上的那杯水，問：

『請問，這個……』

那個女生打扮休閒，身上穿了件有點髒的圍裙。

『我哪裡髒髒的嗎？』

她毫不拘謹的語氣令我感到親切。

『不是、不是，呃，這個……』

『水是免費招待的，妳放心喝吧！還是妳想喝茶？』

『水就可以了……請問這是自來水嗎？』

『抱歉，我們這裡沒有井水可以喝喔！』

說完，她笑著點點頭，繼續說：

『放心啦！我們店裡裝了餐廳專用的淨水器。妳剛來東京，對吧？』

『對，昨天來的。』

『東京的水超難喝的，我一開始也喝不慣。快喝吧！』

我喝下杯中的水。雖然不算好喝，但的確是水的味道。我滿意地點了點頭。

『妳還要再一杯吧！對了，如果不知道點什麼好，我推薦妳今日午餐。雖然現在還不到午餐時間，不過如果妳想吃的話也可以喔！我記得今天的菜色是……』

她轉頭問老闆，廚房那頭隨即傳來『漢堡肉排和炸鮭魚』的答案。

『那我就點這個。』

點完菜後，那個女生往廚房走去，隨後又端了杯水走過來。

『妳是不是也住在這棟宿舍？我就住在這裡喔！』

『我也是。是我媽媽幫我決定的。』

『我是因為我爸，他說住在女生宿舍，他才比較放心。不過這都是做父母一廂情願的想法啦！對了，妳看起來好小喔！是高中生嗎？』

『新學期就升高中了。』

『果然。這裡也住了幾個高中生喲！』

她只是點點頭，並沒有再多追問下去。

『我沒課的時候就到這裡打工，今年要升大二，叫我小光就好。』

『我叫咲良，請多指教。』

廚房傳來叫聲，大概是我點的餐做好了。小光往廚房走去。我再度拿起杯子喝了一口水。嗯，這味道我可以接受。

我點的今日午餐上桌了。小光指著特大份的馬鈴薯沙拉，對我說：

『這次我請客，慶祝妳搬家。如果以後遇到什麼困難，儘管來找我。』

她話才說完，就有客人上門了。看小光和對方熱絡地打招呼，應該是熟人吧！小光替那位客人找了個位子。

我拿起刀叉準備享用『今日午餐&小光請的喬遷賀禮』。隨餐附上的味噌湯味道有點淡，其他菜色的口味還不錯。小光請的馬鈴薯沙拉雖然分量很多，但因為加了黃芥末醬，所以一點都不膩。

吃完，我走到櫃台準備結帳，小光立刻湊了過來。

『對了，想請問一下……』

『哇！這麼快就有事找我商量啦？』

她剛剛說『儘管交給我』的時候明明那麼有氣勢，結果真的有事找她居然是這種反應。

『要去哪裡買水呢？』

『水啊，很多地方都在賣。不過，只要去超市買瓶子的話就可以免費裝水喔！一次能裝兩公升，雖然很重，但妳還年輕，應該提得動啦！』

小光畫了張去超市的地圖給我。

今天上午就有收穫了。不但知道要去哪裡買水，又認識了像小光這樣不錯的人。雖然她年紀比我大，但我想我們說不定能成為朋友。

走出餐廳，我想起昨晚的那個樹叢。

走到那裡，卻想不起來那截草蜥的斷尾埋在哪。只看到地面上土堆散亂，螞蟻爬來爬去。

不知道那隻草蜥後來怎麼樣了。希望牠沒有因為尾巴的傷口痛得整晚沒睡。

接著我便照著小光畫的地圖前往超市。

要買水瓶，必須先成為那家超市的會員。我拿了申請書，第一次親筆寫下東京的住址。拿起申請書確認住址有沒有寫錯時，突然間覺得心裡怪怪的，臉頰微微發燙。

除了水之外，我順便把一些想得到的生活雜貨也買齊了，像是清潔劑、面紙之類的日用品，光是這樣就已經一堆東西了。想買食材，又不知道要做什麼菜，我看還是先回宿舍好了。買一買，發現東西其實滿重的，我心想：『昨天應該找銀河一起來才對。』揉了揉發痠的手臂。

回到房間，我把剛買回來的水倒進水壺裡，放到爐子上燒開。

除了一些日用品，我還買了一盒香草茶的茶包。其實我並不是很愛香草茶，只是覺得嘴裡還殘留著早上那口噁心的自來水味，想用香草茶把味道消除。

水滾了，水壺發出嗶～的聲響。

我把燒好的熱水倒進茶杯後再倒掉，放入茶包後再沖熱水，這是泡紅茶的方法。雖然不知道香草茶是不是這樣泡，不過試試也無妨。反正房間裡只有我一個人，要怎麼泡是我的自由，喝的人也是我自己。

香草茶飄出一種冬季森林的乾冷氣味。這裡頭加了什麼呢？

小啜了一口，有股淡淡的薄荷味，之後是淺淺的酸味和苦味。

我隨意坐在木板地上。

呼！嘆了一口長長的氣。

『總算舒服多了。』

也許是午後太過安靜，自言自語的我並不感到寂寞。

我沿著地板緩緩爬到窗邊，再爬上床，隔著陽台往外看。窗外是密密麻麻的矮房子和大樓，其中一戶人家的院子裡有棵開著大朵白花的樹，應該是辛夷花吧！天空藍藍的，我拚了命仔細看，就是看不到類似山的景物。這裡和從隼家裡往外看的景色差不多。算了，這就是東京。

好不容易覺得心情放鬆不少，手機卻在這時候響起。

是爸爸打來的。這個爸爸不是住在茅野的繼父，而是住在橫濱的親生父親，現在他應該剛午休完。我不太情願地接起手機。

『咲良，妳昨天來東京了，怎麼都沒打電話給我？』

一開口就在抱怨，可是我沒辦法回嘴，因為我在東京的生活費和學費有一半以上都要爸爸幫忙支付。

『昨天來得太匆忙，我很累，很早就睡了。今天又去買了一些要用的東西。』

我隨便編了個藉口，因為我實在說不出口——我不想打電話給他。

『我還是聽黑木先生說才知道的，這樣不是很奇怪嗎？』

是很奇怪，但又不是我的錯。媽媽只聯絡了黑木先生，也就是隼的爸爸，卻沒打電話給爸爸。我想隼的爸爸也不太想當傳話筒吧！

『我沒有聯絡黑木先生，是媽媽打電話給他的。』

『……總之，和爸爸見個面吧！今晚一起吃個飯好嗎？』

爸爸語塞，趕緊改變話題。

吃飯當然沒問題，可是爸爸的再婚對象說不定也會來。我超不想看到爸爸的再婚對象，她是隼的爸爸的前妻，也就是隼的媽媽。她是個好勝、多管閒事、凡事都愛自己決定的女人。要是她也來，一定又會問東問西，真是討厭。

『今晚不行。行李還沒整理完，而且我剛剛已經到附近的超市買晚餐要煮的菜了。』

我又編出一個藉口。

『這我知道，但妳至少和爸爸見一面，不然我會擔心。』

『那就明天或後天吧！我再打電話給你。』

本來爸爸還想討價還價，最後也只好答應了。因為我住的是女生宿舍，爸爸應該覺得不方便過來看我，我也沒告訴他家人可以進來。雖然我和銀河並沒有血緣關係，但我們現在卻是一家人。而爸爸已經不算是我的家人了，我和他已經不同姓了。

掛掉電話後，我站起來想再倒杯香草茶來喝，沒想到手機又響了。我以為又是爸爸，看了看螢幕，原來是美取。對了，我還沒向美取道歉。腦中突然想起晴香早上打來

的那通電話。美取因為我的不告而別，到現在還在鬧彆扭。

猶豫了一會兒，我還是沒接就讓電話轉到語音信箱。剛剛和爸爸講電話已經耗了我太多精神，現在實在沒心情和美取多說什麼。

我走到廚房重新燒開水。嗯！今晚的晚餐就自己做吧！

雖然我根本還沒買菜，但剛才的確跟爸爸那樣說了。今晚我要自己做飯，應該沒問題吧？

也只能硬著頭皮做了。以前都是吃媽媽做好的菜，從來沒幫過忙，現在可不行了。房間裡有電鍋，也有微波爐，基本的廚具都有了。既然決定在東京獨自生活，就要作好心理準備，總不能每一餐都吃外面，這樣不但花費大，又容易蔬菜攝取量不足。

大口喝光杯子裡的香草茶後，我再度出門前往超市。

念頭一轉，我決定先去一趟書店。

站在食譜區的書架前，我只覺一陣頭昏。雖然這家書店並不像車站前的大，但食譜的種類還真多。從中隨意抽出幾本翻翻看看，每一本都印著看起來很美味的料理圖片，不過字卻很少，我不禁懷疑起這些書都是寫給廚藝有一定程度的人看的。真不知道該買哪一本才好。

唉！這時候如果隼在就好了。

我不由自主地摸了摸口袋裡的手機。雖然隼看起來一副營養不足的樣子，但他卻會自己做菜，而且還滿好吃的。去年暑假我從茅野跑到東京，暫住在隼家裡的時候，吃過好幾次他做的菜。這是我唯一輸他的地方。算了，不過就是做菜嘛！輸給他，我也不覺得怎樣。

當初我們的爸媽離婚，我被媽媽帶走，隼則跟了他爸爸。或許就是因為這樣，他才比我會做菜。少了母親的黑木家，做菜的工作自然落到隼的爸爸身上，他的廚藝也很棒。但這也是不得已之下的結果，既然如此，我應該也沒問題。

不能因為這點小事就去依賴隼。我已經告別過去的一切了，當然也包括那個不會做菜的我。

先想想今晚的菜色吧！

我立刻拿起另一本食譜翻了起來，目光停留在『義大利麵』這一頁。煮飯、做配菜和味噌湯對初學者來說的確是難了點，義大利麵只要一盤就解決了，不然再做個沙拉。把萵苣切絲、擺上幾顆小番茄、擠上美乃滋，就成了豐盛的一餐。

對了，隼也做過義大利麵給我吃，他最拿手的奶油培根義大利麵。

啊！找到了，這本食譜裡也有。準備的食材有培根、大蒜、雞蛋、鮮奶油、起司粉、鹽、胡椒、橄欖油以及義大利麵。看起來並不難嘛！我應該做得出來。沒錯，一定可以。

最後我買了那本叫作《一個人的輕鬆料理》的食譜，光看書名就覺得真的很簡單。

我踏著輕快的步伐繼續前往超市，買齊需要的食材。順便逛了一下賣場，發現了很多我不知道的東西。不光是東京的超市，就連茅野的超市也有很多我不知道的東西，真的是大開眼界，也許之後我會喜歡上做菜也說不定。

事實上，現在的我距離學會做菜還很遙遠，比從茅野到東京還要遠。

回到宿舍，我拿出鍋子準備裝水煮麵。有點猶豫是否要用自來水，最後還是裝了。我把裝了水的鍋子放到爐子上，轉開瓦斯開關。到目前為止，一切都進行得很順利。

接下來要把大蒜切成薄片，但沒多久我就感到挫折了。記得隼說過要把裡頭的芯拔掉才不會苦，可是這個動作對我來說根本就是不可能的任務。我切出來的大蒜片厚薄不一，最後乾脆將大蒜片切成碎末，等我切完，雙手都沾滿了蒜味。培根就隨便切一切……突然感覺哪裡不對。這時候我才想起來，隼都是買大塊的培根回來自己切成厚片，而且還說那就是讓義大利麵變美味的關鍵。

這麼說來，我又想起了另一件事，隼只用蛋黃。這我倒還來得及學。在水槽邊把雞蛋敲開使蛋殼一分為二，將裡頭的蛋黃反覆倒在殼內，使蛋白慢慢流掉。可是好難。試打第一顆，蛋黃不小心流出來了。食譜裡也沒說必須要取蛋黃，還是算了吧！可是我不

甘心，又試了一次。這次我非常慎重，終於成功地取出蛋黃，心中感到無比的成就感。就在這時，鍋裡的水也燒開了。糟糕，時間到了。

我趕緊將火轉小，把鹽加入熱水裡。呃……下個步驟是什麼呢？先把義大利麵放下去好了。麵要煮七分鐘。因為廚房裡沒有計時器，只好用手機計時。

接著把蛋黃放進小碗裡，隨便倒一些鮮奶油……不，是倒入『適量』的鮮奶油。

『適量』這兩個字是無知的隼告訴我的，起司粉也是適量，鹽和胡椒也是適量，怎麼都是『適量』啊？就連食譜裡都沒寫明要放幾公克。我把蛋黃和那些『適量』的粉料攪拌在一起，最後卻成了一團黏稠的膏狀物。

現在不是煩惱的時候。我立刻把平底鍋放到爐子上，開火後，倒入適量的橄欖油和剛剛切好的蒜末、培根一起拌炒。原本很臭的大蒜，加熱後飄散出一股香氣。

再看看手機，已經過了七分鐘。

我趕緊將鍋子的火熄掉，然後把一個大濾篩放在水槽內。

糟了，這鍋子沒有把手，直接拿一定很燙，我得趕快找條毛巾之類的東西。

這時候，手機偏偏響了起來。

是美取。對了，我忘記聽她的留言了。

這次不接不行，但我現在真的沒辦法接。美取應該也遇過沒辦法接電話的情況吧！

『我現在沒辦法接啦！』

我對著鈴聲大作的手機大喊。好不容易找到兩條毛巾，我趕緊把鍋子拿到水槽邊，將裡頭的麵倒進濾篩裡。拿起一條麵條嚐嚐看。

『還滿Q的。』

我對自己說。接下來把義大利麵倒到平底鍋裡，再把那團『適量』的膠狀物倒進去一塊攪拌。沒想到膏狀物卻慢慢硬掉了。

『啊！要關火才對。』

急急忙忙地把火關掉。蛋黃因為加熱太久都硬掉了。

總算是完成了。沙拉改天再做吧！

把做好的麵盛到盤子裡……唉！這根本不叫奶油培根義大利麵。不僅和食譜上的圖片不同，和隼做的也不一樣。

不過這樣我已經很滿意了。就算它不是奶油培根義大利麵，至少也是『咲良風義大利麵』。享用之前，先用手機拍下這個我人生中第一次完成的料理。

接著，我用叉子捲起一團麵。

慢慢地放進口中……

天啊！這是什麼味道。

放太多鹽和胡椒了，而且滿嘴都是鮮奶油和起司粉的濃濃奶味。這時候我又想起一件事，隼除了只用蛋黃，他也不是用鮮奶油，而是普通的牛奶。

我連忙灌了好幾杯水，邊喝邊吃。雖然強迫自己吃對身體不好，但我又不想剩下來。畢竟這是我自己做的咲良風義大利麵。

吃完義大利麵後，為了沖淡嘴裡的味道，我又泡了一杯香草茶。與其說是放鬆心情，應該算是安撫受創的舌頭。

我拿起手機聽留言。

第一通：

『我是美取。我有話想跟妳說，請回電。』

這嚴肅的聲音不像平常的美取。我側著頭，感覺有些無奈。

第二通：

『我是美取。聽到留言請回電。』

又是相同的語氣。這通比上一通更簡短，完全不像我認識的美取。

我心裡很不安，趕緊回電給美取，但她卻沒接。

之後我又打了幾次電話給她，她還是沒接。我躺在床上，把手機放在枕頭邊，翻來覆去就是睡不著，我想可能是今晚攝取太多鹽分和卡路里的關係。

6. 瞎混的一天

窗外的刺眼陽光照在我睡眼惺忪的臉上。為什麼偏偏越是這種時候就越不會下雨呢？要不然下冰雹也好。要是外頭下冰雹太危險，我就有理由窩在家裡不出門了。說穿了，我其實只是想找藉口，好讓自己名正言順地待在家裡。

左手指尖隱隱作痛著。除了大拇指以外，其他的手指都變得又紅又腫，彈吉他最常用到的食指還破皮了。和大拇指相比，其他指頭明顯地紅腫發燙。

沒辦法，誰叫我昨天彈了一整天的吉他？

而且再怎麼彈都是那首〈史卡博羅市集〉。

想把吉他學好，總得先練會一首才行。老爸是這樣說的，所以他也不打算教我彈其他歌曲。沒差啦！或許是最近老在彈這首歌的關係，我好像已經喜歡上這首歌了。而且不斷地練彈還能讓我暫時把腦子放空。與其胡亂做些沒意義的事，像這樣專注地練習吉他，對我來說反而比較好。

今天也來練一下吧！回過頭，我將視線從窗外拉回到擺在沙發上的吉他。

『你很認真嘛！這麼想受到女孩子歡迎啊？』

正準備出門的老爸故意這樣虧我。

『被你看穿啦！』

我也故意這樣回他。

『這才是健康的青少年應該有的態度。不過就算吉他彈得再好，如果沒認識半個女孩子，不就枉費了你苦練的心血？』

『那也得等我先練會這首歌再說囉！』

『順便也練一下歌喉啊！』

『自彈自唱對我來說太難了。』

『沒問題的。你不是會邊唱歌邊練手球嗎？』

『頂多三分鐘而已。』

『三分鐘已經可以唱完一首歌了。』

老爸走過來用力地拍拍我的肩膀。真是一點說服力都沒有。

他從我手中拿走吉他，當場就彈了起來。

『我幫你調音吧！等我出門後，你可要好好練習，最好練到手指頭出血喲！用吉他好好宣洩你心中的鬱悶。』

『怎麼宣洩啊？那首歌彈起來那麼悶。』

老爸把吉他交給我時，故意朝窗外看了一眼，說：

『今天的天氣真好。不過老爸已經不是學生了，沒有春假可以放。』

說完這句話，老爸便走向門口。

過了一會兒，我聽見開門、關門的聲音。

真是的。老爸明明察覺到我和咲良怪怪的，故意絕口不提，還兜圈子損我。

『女孩子又沒什麼大不了的。』

我對著吉他這麼說。但它不會有反應，所以我撥了撥弦。

鏘～

可惡！誰可惡？還不就是咲良。對我來說，『女孩子』這三個字只會讓我想到她，咲良。之前把我耍得團團轉，現在又咻一聲地消失，太過分了，狠狠利用完之後，就把我踢到一邊。

我走到沙發上坐下，把吉他放在膝上。

算了，還是彈吉他吧！我要練到昏天暗地。

左手的食指和中指先按住第一個和弦，刷了一聲。那聲音就像是順著神經直達心臟一樣，很有震撼力。

我好想咲良。

放下吉他，我把窗戶打開。窗外的微風像是對我招手，我索性走上陽台。乾脆出去走走好了，再這樣下去，我一定會忍不住跑去見咲良。但我不能這麼做，我也有我的自尊，而且見了面肯定也沒好事。說不定咲良根本就不理我，直接讓我吃閉門羹，更別說像以前那樣對我又K又踹的。不然，像上次那樣偷偷躲起來看她好了。雖然有點丟臉，不過真的很刺激。

樓下的街上有對看似情侶的男女，我猜應該是大學生吧！天氣又不冷，那女生卻緊黏在男生身旁。

看著那對情侶，我口中不斷分泌口水。

真想吐他們口水。我噘起嘴——呸！朝樓下吐了口口水。口水在風中消失無蹤。雖然一開始我就覺得不可能會吐中，心裡還是有些遺憾。

不行，我不能老是窩在家裡了。昨天已經彈了一整天的吉他，今天還是出門吧！去見不到咲良的地方。

這時候就該去找朋友，可是我想到的只有手球社的朝風同學和出雲兩個人。

我本來就沒什麼朋友。以前也不覺得怎樣，參加手球社之前，我早就習慣無聊的感覺了。與其和別人一起打發時間，我倒覺得一個人輕鬆多了。去年的春假，我也幾乎都待在家裡打混摸魚。要說做了什麼有意義的事，應該就是試做了幾道新料理。聽到老爸說好吃，我就會很開心；要是他說馬馬虎虎，我就會賭氣地自己吃掉。雖然心裡也覺得不好吃，但那畢竟是我花時間做出來的啊！那段時間，我也沒跟學校的任何人見面，反正也不會特別想約誰出去玩。我不覺得這樣有什麼不好，甚至覺得一個人自由自在的很棒。

升上三年級加入手球社後，光是練手球就夠我忙了。再加上暑假的時候，咲良偷跑到我家住，我當時根本沒時間去想什麼無聊的事。

原以為今年春假，這段青黃不接的尷尬期，我又會被咲良叫去使喚，卻被她的一封信全盤否決了。偏偏這段期間又不用練球。

我拿出手機想著該打給誰。朝風同學一定早有安排，算了，不要打給他。出雲呢？他應該沒事吧！為了吸引女孩子而加入手球社的他，現在不必練習，他一定很無聊吧。

不過，我卻有點猶豫。

我和出雲的交情有熟到放假時一起出去玩嗎？我和他都是手球社的社員，還曾經大打出手，而且他還因為咲良的事嘲笑過我好幾次，我們也有過幾次爭執。但我還是不知道在出雲心中，究竟是怎麼看待我這個半途加入的社員。

可是現在除了他，我也想不出其他人了。也好，反正我也想見見他，最後我決定打

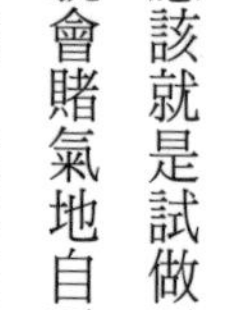

電話給他。電話響了五聲，終於接通了。

『喂，我是隼。』

『是你啊！現在又不用練球。』

又是那種討人厭的語氣，但出雲的聲音聽起來有點驚訝，我想他大概也很閒。

『所以才打電話給你啊！』

『什麼意思？』

『難得天氣那麼好卻沒事做，我想找人出門透透氣，可是想得到的只有你了。』

我直截了當地告訴他。和出雲說話，我並不想拐彎抹角，為了不讓自己再去想到咲良的宿舍去看她，我一定得出門。最好再找個能打發時間的人陪我。

『是喔！你很無聊喔？』

出雲這話讓我有點不爽。他好像在幸災樂禍。

『好吧！反正我今天剛好有空。』

『那我去你家好了。』

『我家？』

因為不想再待在家裡，所以我提議去出雲家，這下反倒換他有點慌了。

『我看還是算了，我們約在外面見吧！』

『好啊！那要約哪？做啥？』

我倒是沒想到要約在外頭碰面，不過事到如今怎樣都好。和出雲一起去看電影也無所謂，只要不是看愛情片就好。

『我們兩個去遊樂園好像有點怪。既然天氣那麼好，那就去公園吧！』

出雲和我約在一個有廣大綠地的公園，正好位在我和他家路上的中間位置。我們約好一小時後在車站的剪票口見。

出雲接著說：『我會帶手球過去。』

『那我也帶好了，高中生用的三號球。』

『ＯＫ！那你就帶吧！』

掛斷電話後，我開始準備出門。出去透透氣應該可以稍微忘記咲良的事。不過話說回來，出雲那傢伙除了手球就沒有別的興趣了嗎？還是因為對象是我，讓他只想得到手球？

和出雲約好之後，我又有點想彈吉他了。還有二十分鐘，我按住一個和弦，輕輕彈奏，稍微練了一下我很不熟的琶音。

我順利抵達約定的車站。這段時間我也長大了不少。雖然搭地鐵轉車還是會怕搭錯車，但如果是ＪＲ和民營地鐵，只要在東京二十三區內，我應該都沒問題，我還自己去

過橫濱呢！

『你沒帶換穿的衣服和毛巾嗎？』

出雲揹著運動肩包現身，看到我兩手空空，問了這個問題。

『沒有耶！我沒想那麼多。』

『你這傢伙真的是個……』

話到嘴邊，他卻突然停了下來，我猜他是想說『窩囊廢』吧。看來他也成熟了不少，雖然個子還是那麼矮。

『算了，我帶了兩條毛巾，等會兒一條借你。』

出雲快步向前，我趕緊跟上去。到了公園，眼前是一大片鮮明的綠意。

公園裡很熱鬧。突然颳起一陣風，揚起飛塵，四周響起此起彼落的驚呼。我再次感受到春天真的來了。

出雲把包包放在樹蔭下的長椅上，拿出手球。接著脫去外套，身上只剩一件T恤。我也脫掉了長袖運動衫，突然感到一陣涼意。趕快動動身體吧！

出雲就像在社團練球的時候一樣，開始做起伸展操。本來只是打算丟丟球的我被他那認真的模樣嚇了一跳，最後也跟著一起做起伸展操。

不一會兒身上就出汗了。

『跑一跑吧！』

『嗯？嗯。』

第一個『嗯』，音調有些提高。第二個『嗯』，語氣便轉為平淡。

我和出雲並肩跑在剛冒出雜草的廣場上，場內還有其他正在打球的人、和狗玩的人、隨意追逐嬉戲的孩子。而我們倆只是默默地跑著，彷彿進入了忘我的境界，覺得頭腦放空了。

『放春假後，我每天都會來跑步。』

出雲邊跑邊說，一點都不喘。國中畢業前，我也是每天跑步上下學，放春假後因為

不必去學校，這個習慣自然而然就停了。或許，也是因為看了咲良的信。

『我現在在學吉他。』

『學這個幹嘛？』

突然像這樣跑步讓我有點喘。為了解釋給出雲聽，我深吸了一大口氣後對他說：

『就像你為了女生才加入手球社一樣，我老爸說想吸引女生的注意可以彈吉他。』

『……』

我原以為出雲沒有反應，沒想到他突然追上來抓住我的T恤領口。

『你這傢伙，在搞劈腿啊！』

『啥？』

起初，我還沒有聽懂出雲在說什麼。了解他的意思後，我忍不住笑了出來，笑到我連跑步的力氣都沒了。我停下腳步，抱住肚子放聲大笑，繼續往前跑的出雲又回過頭來。

『劈腿這兩個字一般都是女生在說的吧！為了吸引女孩子而練吉他，根本不能叫作劈腿吧！你這樣講很娘耶！』

『很娘的人是你吧！背著我們學什麼吉他。』

看來出雲真的很不爽。

『我學吉他又不是為了女孩子。我既不是你，也不是我老爸。反正現在手球社不用練習，所以我想練一下吉他。』

『那你是為了什麼？』

看到出雲那麼認真的表情，我反而不知道該說什麼才好。

『就……就是想做點什麼來打發時間而已啦！』

『是喔……』

這次換出雲露出了困惑的表情，接著說：

『幹嘛說得那麼好聽？為了女孩子又怎樣？』

『是不會怎樣啊！但我本來就不是……』

『我看你毛都還沒長齊，發育太慢了吧！』

為了『其他』女孩子。如果是咲良倒無所謂。唉！我怎麼又想起她了。

我被出雲吐槽了。不過，我卻無法完全反駁他的話，只好用力地點了點頭。

『我只有身高變高，腦子裡還是個小孩子。』

出雲，抱歉我說了謊。

我們放慢腳步，緩緩走到樹蔭下。

『學吉他啊……』

出雲低聲嘟囔著，正好被我聽得一清二楚。

我從他手中接過手球。或許是有一段時間沒碰的關係，總覺得手球好像變大了。上高中之後就得改用大一點的三號球了。

我使盡全力張開手掌，把球緊緊握住。真想投個球。不過如果真的要投，我更想丟進球門，只可惜這裡沒有。

往前一看，只見出雲已站在另一頭等我。

這傢伙挺了解我的嘛！

我輕輕地把球投出去。球在空中拋出一個小圓弧，在出雲胸前落下。他接住球後立刻回投給我，球又不偏不倚地落在我胸前。球輕輕撞擊手掌的感覺真好。

我們就這樣一來一往地丟接著手球，我也慢慢抓回了以往的手感。

這時突然颳起一陣強風，引來漫天飛塵。我瞇起眼不讓塵沙進入雙眼，不過出雲卻仍若無其事地把球丟過來。雖然看不太清楚，但我還是接到球了。這也是因為出雲控球控得好，當然我的反應也算不錯啦！原來我們還算挺有默契的。

雖然只是丟球、接球的動作，卻讓我感到全身舒暢。

過了一會兒，我們開始練習傳球。出雲的身高和我有一段差距。我的身材比較高瘦，出雲則是個矮冬瓜，不，應該說是短小精幹，而且他還是個左撇子。不過和他練習傳球比和身高差不多的老爸要順手許多。就算沒有使眼色打暗號，我們也能把球順利地傳給對方。

呼！流了一身舒服的汗。覺得積在體內的壞東西都混著汗水一塊排出來了。

太陽緩緩西斜。

陽光透著淺淺的橘色，我們坐在樹蔭下休息。我用出雲借我的毛巾擦身體，我脫下被汗水沾濕的Ｔ恤讓風吹乾，露出單薄沒有肌肉的胸膛。出雲就比我有肉多了，假如拿去燒烤應該會發出滋～滋的誘人聲音。

出雲朝我使了個眼色。瞬間，我看到他把手球丟了出去。

順著他丟出的方向，只見球劃出一道弧線緩緩地落在草地上，滾到坐在樹蔭下的兩個女孩子腳邊。其中一個女孩有些不耐煩地伸手把球撿起來。

『真是完美的控球。』

我完全聽不懂出雲說的話。他抬了抬下巴對我說：

『去撿。』

『為什麼是我？球是你丟的。』

『我今天特地撥空陪你耶！你就當作是給我的謝禮，去和那兩個女孩子說話，幫我製造一下機會吧！』

出雲推了推我赤裸的肩膀。聽到他這無理的要求，我有點不悅地瞪了他一眼，沒想到他一改往常傲慢的態度，用充滿誠意的眼神望著我，我也只好無奈地站起來。

『我只幫你把球撿回來喔！』

說完，我走向那兩個女孩子。平常很少和女生交談的我，真不知道該說些什麼才好。走近一看，那兩個女生都染髮，超貼身的T恤下露出曬黑的皮膚。我猜她們應該和我同年，但絕對不是我這一掛的。突然，我覺得一股冷意襲上胸口。

『搞屁啊！你丟這是什麼球啊！』

我走到她們面前，默默地伸出手，撿到球的那個女孩說了這麼一句。與其是跟我說，聽起來比較像是跟她旁邊的女孩子說。

我用很不自然的語氣告訴她：『這叫手球。』

話一說完，那兩個女孩對看了一眼，就像使壞的巫婆一樣發出尖銳的笑聲。

『他說那叫手球，妳知道嗎？』

『以前體育課教過啦！那天妳蹺課了。』

『是喔……隨便啦！感覺就是很無聊的運動。應該只有宅男會玩吧！』

『運動系宅男？這也太搞笑了吧！』

她們兩個像計謀成功的巫婆一樣，嘴裡發出可怕的尖笑聲。我卻只能呆站在原地。

『球可以還我了嗎？』

我努力開口擠出這一句。此刻我只想盡快逃離這兩個巫婆的身邊。

然而，女孩們的笑聲卻讓出雲誤以為事情發展得很順利，於是他也走了過來。

既然這樣，一開始他自己過來不就好了？

『嗨！妳們是從哪裡來的？』

出雲刻意裝出親切的語氣。

『那裡。』

那兩個女孩同時指向不同的方向。她們是從巫婆國來的啦！我在心底嘀咕著。

出雲這傻小子卻聽不出來人家在耍他。

『是喔！我們是從那裡來的。』

出雲蹲下，順著女孩們的視線指向我曬T恤的方向。撿到球的女孩把球交到旁邊的女生手中，然後說：

『聽說這叫手球。我想玩這種球的人一定很少吧！』

『妳怎麼會這樣想？』

『因為……』她用手指了指站著的我說：『一個身材像隻瘦皮猴。』

拿著球的女孩用手戳了戳出雲的臉說：『另一個卻是矮冬瓜。』

聽到這三個字，出雲的表情瞬間沉了下來。但那兩個巫婆卻毫不在意地放聲大笑，並把手球隨便地丟出去。

『乖~去撿球吧！』

『還是你有話要說？』

『你該不會是在跟我們搭訕吧？』

『想太多了吧你。』

我伸手拍拍出雲的肩膀，感覺到他正在微微地發抖。

『……』

『走吧！』

出雲立刻站起來，快速地轉身背向那兩個巫婆。

『也太陰沉了吧！』

『那種型的感覺就是會跑去當跟蹤狂啦！』

她們的對話連我聽了都覺得不舒服，我輕輕地瞪了她們一眼之後便離開了。撿起掉在草地上的手球時，我突然很想把球朝那兩個人砸過去。但我還是作罷，畢竟是我先過去找她們的，而且我還有其他不想那麼做的理由。先不管出雲是怎麼想的，我對『女孩子』這三個字確實沒什麼興趣。當然，也包括穿露肚裝的巫婆。

撿起手球後，我走回原來那棵樹下，出雲一臉的失落。或許是彎腰坐著的關係，他的胸肌變得很不明顯。

『算了，人生不如意事十常八九。』

出雲聽到我這種消極的安慰完全沒反應。

我們就這樣無言地並肩坐著。

太陽漸漸下山了，再加上流汗的緣故，我覺得上半身冷了起來。拿起剛剛晾在一旁的Ｔ恤，嗯，已經乾了。聞了一下，有股臭汗的酸味。但我不以為意，反正都是自己的味道嘛！我故意把Ｔ恤拿到出雲面前。

『味道不錯喔！』

『不要鬧啦！』

出雲嫌惡地別過頭去。臭歸臭，還是得穿，因為我也沒別件衣服可換了。在我穿Ｔ恤的同時，出雲也從包包裡拿出乾淨的Ｔ恤換上。此時，有支手機從他的包包裡掉了出來。

我撿起那支手機。珍珠白的外殼，看起來像是女孩子才會用的款式。

『你的品味還真獨特。』

我把手機交給出雲，他卻是一臉無奈。

『這才不是我的。』

『可是，這是從你的包包掉出來的啊！』

看到我一臉困惑，出雲又接著說：

『這是我老妹的啦！』

『喔！你有妹妹？』

這我倒是第一次聽到。

『她小我一歲，不過已經有男朋友了。』

原來啊！被妹妹搶先一步談戀愛的哥哥，怪不得他會那麼積極想交女朋友，甚至不惜隨便找公園裡不認識的女生搭訕。

『我老妹和她男朋友成天都在講手機，結果手機費暴增，我爸媽很生氣，就把她的手機交給我保管。我老妹一天到晚吵著要我還她手機，害我不管走到哪都得帶在身上。』

『當哥哥還真是辛苦。』

我把手機遞給出雲，他卻不打算拿回去。

『隼，你可以幫我保管一陣子嗎？』

『不要啦！你拿回去。』

『只要春假這段時間就好，拜託啦！』

我還是第一次聽到出雲拜託人。可是，這樣讓我很困擾。

『這是你妹的手機耶！你難道不怕我拿來做壞事嗎？』

『你才沒那麼無聊吧！』

『那可不一定。我可能會用你妹的手機亂打電話喔！』

『那就打吧！反正你也沒什麼人好打，比起我妹，你花的電話費一定少很多。』

出雲將包包的拉鍊拉上，甩到身後。

『我也差不多該回家了，今天過得真充實。』

『出雲，把你妹的手機拿回去啦！』

出雲裝作沒聽到的樣子，快步朝車站的方向走去。我趕緊追上去，和他拉扯了好一會兒後終於放棄了。

『那我只保管到學校開學那天喔！』

『謝啦！』

出雲立刻點點頭，之後像是想起什麼一樣，突然丟出一句：

『那個叫咲良的跩女生現在怎麼樣了？她不是來東京了嗎？』

『應該吧！我們很久沒碰面了。』

『是喔！』

出雲似乎還有話想說，但可能是想到要拜託我保管手機，他便沒再多說什麼。

後來因為我們要搭的電車剛好是反方向，於是就在車站的月台分開了。出雲搭的車比較早進站，最後只剩下我。啊！今天老爸出門前，我忘了問他晚餐要怎麼辦。打電話問他好了。我從口袋裡拿出手機，結果拿成出雲妹妹的手機。

突然間，我腦中閃過一個念頭。

要是我打電話給咲良，她可能不會接。如果是用出雲妹妹的手機打給她，她或許會因為不知道是誰打來的就接了。

雖然不能見面，但聽聽咲良的聲音也好，而且我有話想跟她說。也許聽到她的聲音後就什麼都說不出口，但我就是想聽聽她的聲音。唉！我果然還是很想她。她那封信的內容我完全不能接受，再繼續這樣下去，這個春假一定會變得很難熬，我的心情也會變得亂糟糟。

想著想著，我覺得胸口痛了起來。

我討厭這樣埋怨咲良的自己。

後來我要搭的電車也進站了，但我又目送著車開走。

7. 窩・囊・廢！

有了上次奶油培根義大利麵的恐怖經驗，這次我把剩下的培根和大蒜、青椒、蘑菇拌炒過後，直接倒入煮好的義大利麵裡，再打個蛋花炒一炒，最後用鹽和醬油調味——所有的步驟都是『適量』。看起來的確不怎麼好吃。

嚐了一口，是和風拿坡里口味。又一道咲良風料理。

看來我真是沒有做菜的天分。焦掉的醬油味，這就是我到東京後初次嘗到的挫折滋味。虧我還買了新鮮的蘑菇，早知道會變成這樣，買罐頭的還比較便宜。

吃完麵，我繼續整理房間，記下需要買的東西，一天就這麼過去了。感覺上雖然沒做什麼，但心裡有種充實的感覺，只不過晚餐又搞砸了。

我想，我得買本新的食譜。一本針對初學者使用、說明詳細，而不是只有寫著『適量』的食譜。明天再去書店看看吧！

放張ＣＤ來聽好了，要不然我真的吃不下去。就在這時，手機響了。

應該是美取。

今天一整天，我打過好幾次電話給她，但她都沒接。

不是。這電話號碼我沒看過，手機螢幕上顯示的是『新號碼』。是手機的號碼，所以不知道是哪個地區打來的。茅野？還是東京？

會是誰呢？

心中閃過一絲不安，但我還是接了電話。今天只有在超市結帳時和店員開口說過話，而且也沒去一樓的餐廳，所以沒和小光說到話。這時候還滿想和人說說話的。

『喂。』

『……』

為了以防萬一，我沒報上自己的名字。

對方沒有出聲。

『喂？』

『……』

還是不出聲。我開始有點緊張。

『你是誰？』

『……』

電話明明接通了，我卻感覺到對方是刻意不出聲。所以不管我說什麼，對方就是不說話。我不再出聲，盡全力拚命去想打電話來的人是誰。

我只想到一個人。

雖然覺得不太可能，但又想不出其他人。所以我試著問對方：

『你是不是……窩囊廢？』

電話的另一頭發出微弱的氣音，之後便掛斷了。

我還是說了那三個字。是因為這樣，隼才掛斷電話的嗎？不過，剛剛電話裡的人是隼嗎？

我又看了一次剛才的來電號碼，一點印象也沒有。我的手機裡輸入了隼的手機號碼，難道他是怕我不接他電話，故意用別的手機打來？這也不是不可能。如果真是這樣，悶不吭聲地就掛斷電話實在很卑鄙。打都打了，好歹也說句話吧！就算我的態度會很冷淡又怎樣？難不成，他是故意打來鬧的？

假如真的是這樣，我也不會輕易放過他。我從手機的電話簿裡找出隼的號碼，正準備按下撥號鍵時，我猶豫了。要是搞錯了怎麼辦？那不就變成我主動打電話給他了嗎？那可不行，我都跟他說了我要忘記以前的一切。

左思右想，最後我決定打電話給隼的爸爸。他是我在東京的租屋保證人，我得定期和他保持聯絡，所以我有他的手機號碼。

電話響了三聲，接通了。

『喂，我是黑木。咲良啊！這幾天好嗎？』

隼的爸爸還是那麼有活力。

『謝謝，我很好，只是想到應該和伯父聯絡一下。』

『那我就放心了。妳和那須先生見過面了嗎？』

『還沒有，不過我們通過電話了。』

『這樣啊！我想他一定很惦記妳，還是早點見面比較好。那須先生的太太……呃，這樣叫她有點怪怪的。如果是因為她的關係，我可以幫妳傳話。』

不，沒那回事，我趕緊這麼回答。我的親生父親的再婚對象就是隼的媽媽。對隼的爸爸來說，她是他的前妻，這樣的關係還真是尷尬。

閒聊了幾句後，我們的對話有點接不下去。

『對了，我叫隼來聽吧！』

也許是察覺到我故意打手機而不是打家裡的電話，隼的爸爸裝作若無其事地樣子這麼問我。他真用心，還得假裝不知情，這樣反而讓我有點怕他。

『他在家啊？』

『我現在在房裡工作。剛剛聽他說要練吉他，不過怎麼一點聲音都沒有呢？他到底在幹嘛啊？』

『他在練吉他啊？』

之前是有聽隼的爸爸說過他在學吉他。

『他老是窩在家裡默默地練習。剛好放春假，手球社又不必練球，他整天都很閒。』

都是我讓他那麼閒的。我差點就這麼說了。

『他在練什麼歌啊？』

『賽門與葛芬柯的〈史卡博羅市集〉，妳聽過嗎？』

『國中的音樂課本裡有。』

『我就說嘛！可是隼卻說他沒聽過，大概是你們用的教科書不一樣吧！怎麼樣，要不要叫他來聽？』

『不用了，我也差不多該掛了。』

我婉拒隼的爸爸的提議，掛斷了電話。還是不知道剛剛那通無聲電話到底是不是隼打的，但我決定暫時當作是他。剛剛那通電話打來的時候，隼是一個人，而且沒在練吉他。

這個沒出息的傢伙。

只要一生氣，我就覺得隼好像在我身邊。

沒聽到他的聲音無所謂，但我倒是很想隔著電話聽聽他彈吉他的聲音。我猜他一定還彈得很爛。嗯……說不定他已經練得很熟了。雖然我知道〈史卡博羅市集〉這首歌，但用吉他彈會不會很難，我就不清楚了。

我想起隼的手。這麼說實在有點不甘心，但他的手指纖長，指尖的形狀也很好看，看起來就是一雙很巧的手。雖然他外表看起來不怎麼可靠，那雙手倒是很能幹的樣子，而且手掌又大，就像他爸爸說的，是雙適合練樂器的手。

我又打電話給美取，她還是沒接。這是怎麼回事？難道因為我連著兩次沒接她的電話，她就要和我絕交了嗎？可是她又留言叫我回電給她。剛剛那通無聲電話會不會是美取打來的？

想到美取，我就想到茅野，接著又想起銀河。我跟銀河說過暫時別跟我聯絡，也許是因為這樣，他就用我不知道的號碼打給我。

接到那通無聲電話後，起初我只想到隼，現在卻慢慢浮現出更多可能的人選。

或許是因為自己一個人住，我才變得比較敏感。宿舍裡大部分的人都回家了，整棟房子變得很安靜。仔細一聽，我聽到從走廊上傳來微弱的腳步聲，而且那腳步聲似乎正朝著我慢慢接近，鞋子摩擦地面的聲音不斷回響著，彷彿一步步向我逼近。

面前那盤難吃的義大利麵已經變冷了，我放下叉子。

或許是我的錯覺，總覺得腳步聲好像離我越來越近。既然有腳步聲，應該就不是鬼。這樣反而更可怕，說不定腳步聲的主人就是打無聲電話給我的人。

我重新拿起叉子。

腳步聲在我的房門前停住了。我握住叉子的掌心在冒汗，叉子的前端在日光燈的照射下發出四道微微的亮光，叉子末梢尖尖的，但不算銳利。

門鈴響了。我不出聲，不能出聲。

『咲良，妳在嗎？我是小光。』

聽到熟悉的聲音，我原本緊繃的神經立刻鬆懈了下來，手中的叉子滑落，敲到盤子而發出聲響。我立刻回話：

『喔！等我一下。』

正想要站起來時，突然感到一陣暈眩，腿還有些使不上力。

我到底是怎麼了？

怎麼會嚇成這樣？真是沒用。

一開門，就看到小光親切的笑容。我僵硬的身體頓時放鬆，徹底鬆了口氣。

『怎麼啦？妳的臉色看起來不太好。』

『可能是我做的晚餐太難吃，所以有點貧血了。』

這時候我不能哭著要小光安慰我，只好故意搞笑讓自己振作。

『我懂、我懂，我以前也有過這樣的經驗，不過現在我的廚藝已經變得很棒囉！妳在剛好，我帶了戚風蛋糕來給妳。別擔心，這不是我做的，是餐廳老闆烤的。這是他想出來的新菜單，烤得很不錯喲！妳要不要吃看看？』

『嗯，謝謝妳。請進。』

說完，我請小光進房間裡。

小光看到我那盤咲良風義大利麵，不禁露出苦笑。我趕緊收拾盤子，沏了壺香草茶。

戚風蛋糕的口感扎實，甜而不膩，真的很好吃。我一邊和小光聊天，一邊漸漸從剛才的驚嚇中恢復。沒問題的，我可以一個人在東京生活。

過了一個小時左右，小光回到自己的房間。

對了，明天是星期六，我撥了通電話給住在橫濱的爸爸。接電話的是隼的媽媽，我們小聊幾句之後，她就把電話轉交給爸爸了。我和爸爸約好明天中午一塊吃飯。再拖下去也不是辦法，趕快和爸爸見面，免得讓其他人跟著操心，而且我還有別的事想做。

雖然時間還有點早，但我決定上床睡覺。還有一堆想做的事在等著我，我得好好休息，養足體力。窗外的樹木被風吹得窸窣出聲，正好當成搖籃曲，我安穩地進入了夢鄉。

早上拉開窗簾，窗外的陽光卻不如以往。這就是人家常說的櫻花開時的陰天嗎？我打開窗戶，呼吸微暖的空氣。

我伸了一個大大的懶腰，雙手用力往後挺起胸，以前在茅野的時候，我從沒感覺這樣舒暢。

突然，我覺得樓下有人在看我。

往下一看，宿舍前的路上確實有幾個人影。我想起自己還穿著睡衣，急忙將窗簾拉上，窗簾搖晃了好一陣子。

我把昨天吃剩的戚風蛋糕當作早餐。

吃完早餐，時間還有點早，於是我先去沖了澡，準備晚點出門和爸爸見面。雖然不是什麼正式的場合，但為了讓爸爸放心，我換上了襯衫加裙子，打扮得中規中矩。鏡子裡的我看起來和以前一樣。不，說不定有改變，只是我自己看不出來。也許我看起來變開朗、變活潑了。不過變得太明顯也不好。我倒是不擔心爸爸會說什麼，只是他的再婚對象，也就是隼的媽媽，卻是個敏感的人，老是愛管東管西的。

想到這裡，我的表情不禁嚴肅起來。

把手機放進包包時，腦中忽然閃過無聲電話的事，不過很快就又忘了。

一樓的餐廳門外掛著『準備中』的牌子。走進一看，小光並不在裡面，只看到老闆在擦桌子。

『老闆，您烤的戚風蛋糕很好吃喔！』

『喔，是妳啊！新來的房客。』

『我叫藤森咲良。』

我向他輕輕地點點頭。此刻我不需要偽裝自己，感覺真輕鬆。

『我最近就會把那個蛋糕加到菜單裡，到時候妳就可以點來吃囉！』

走出餐廳，我原本打算往車站的方向走，這時瞥到了一旁的樹叢，我想起那截跳個不停的斷尾。那隻草蜥已經長出新尾巴了嗎？希望牠能長出比我踩斷的尾巴更棒的新尾巴。

這時，我感覺到背後有人在看我。

回頭一看，卻沒有半個人影。對了，我現在又沒穿睡衣。看來我真的太敏感了。

正當我準備前往車站的同時，包包裡的手機響了。

我的心也跟著跳了起來。從包包裡拿出手機，來電顯示是沒看過的新號碼。我想這大概又是昨天打無聲電話的人打來的。

或許因為現在是白天，我一點都不害怕，雙腳牢牢站穩，按下了接聽鍵。

『……』

又來了。我用強硬的口氣問對方：

『你到底是誰？』

『……』

『幹嘛做這種無聊的事？』

『……』

『好吧！你就繼續不說話吧！那我也不掛電話。到時候收到帳單要是電話費太貴，你就自己看著辦吧！』

我原以為這樣說，對方不會有反應，但電話卻切斷了。

看來是個膽小的小氣鬼。這麼說來，很有可能是隼喔！乾脆取消約會，到隼家好好揍他一頓。可是，如果不是他呢？那我不就得向他磕頭認錯？我才不要，說不定他還會以為我拿無聲電話當藉口去見他。不行，絕對不行，就算他反過來為我擔心，我也不要。

真想跺腳。現在如果讓我看到草蜥，我就算追也要追到，然後用力地踩下去。

我強壓住內心這股念頭。這時候，小光從宿舍裡走了出來。

『咲良，怎麼啦？幹嘛生氣地瞪著手機看？難道是約會被臨時取消啦？』

『呃，沒有啦！』

我慌張地擠出笑容。

『妳要出門啊？』

『嗯，有點事要去橫濱。』

『喔！真的要去約會啊？好好喔！』

『不是啦！我不是要去約會。』

小光假裝沒聽見我說的話，露出調皮的神情。

『偷偷告訴妳一件好康的。雖然這棟宿舍有門禁，還是可以偷偷帶男朋友進房間喲！停腳踏車那裡的旁邊有個門，只要爬樓梯就可以進去了。雖然門會上鎖，還是可以爬過去。有時候不小心在那裡遇到宿舍裡的人，大家也都會睜一隻眼閉一隻眼，這裡其實還挺隨便的。不過要小心，大門和電梯都裝了監視器。』

我倒覺得在路邊大聲嚷嚷這種事的小光更隨便。這時，我突然想起一件事。

『糟糕！我出門時忘記鎖門了，以前住家裡，沒有鎖門的習慣。』

小光哈哈大笑，說：

『我也常忘記耶！有時喝醉酒回到宿舍，竟然連門都沒關，倒頭就睡，不過倒也沒遭小偷或被襲擊，反正這裡住的都是女生。』

『這樣不好吧？』

『嗯，不會啦！沒什麼好擔心的，妳就放心出門吧！我要去打工囉！路上小心。』

小光目送著我離開，但我心裡還是覺得不妥，走到一半回過頭，她還站在原地看著我。唉！算了，我朝她揮揮手，她也馬上向我揮手。我好像看到小光身後有個人影……不管了，我轉過身，往車站的方向前進。

在車站等車的時候，心情慢慢平復下來。我把手機關機。今天乾脆整天都不要開機吧！如果有事要打電話再開就好。嗯，就這麼辦。

過了一會兒，我坐上進站的電車，途中轉了兩次車後，抵達橫濱市郊的車站。一路上都很順利，完全沒有迷路。看看時間還早，所以我決定不搭公車，走路到爸爸住的公寓。

去年暑假，我和隼來過一次。

那天我硬是要隼陪我一塊來，卻沒告訴他我是要去找我爸。後來隼的媽媽帶他去別的地方，我則留在公寓裡和爸爸談事情。說是談事情，其實只是為了那件事——我請爸爸幫我出在東京唸高中的學費和生活費。

也是為了這件事，才讓隼看見他不想看到的畫面。

對隼來說，他媽媽的再婚對象就是我爸，那棟公寓就是他們的家。

誰知道，後來又發生了更妙的情況。

和爸爸談完後，我和爸爸、隼和他媽媽，我們四個人竟然一起去吃飯。不過，如果立場稍微改變，我和隼說不定就成了同住一個屋簷下的家人。

因為媽媽再婚，我多了一個沒有血緣關係的弟弟銀河。假如當初爸媽離婚的時候，我的扶養權是判給爸爸，而隼是判給他媽媽的話，我那沒有血緣關係的弟弟說不定就是隼了。

起初，我真的很討厭和隼之間有著這麼複雜的關係。一想到我們差一點可能就成了姊弟，隼過得自由自在不受拘束，我卻得偽裝自己過日子，心裡對隼是又羨慕又嫉妒。雖然他一臉的窩囊相，但我也好想像他那樣子生活。搞到後來，我只好到東京獨自生活，會變成這樣，都是隼害的。

不，和他沒關係，其實不是這樣……很難說清楚我的心情。

或許我還在恨隼，所以才會三番兩次地耍他、整他，動搖他的心情，還寫了那樣的信給他。不過，我告訴隼到東京生活後要和他保持距離並不是隨便說說的。

腦子裡一片空白。雖然告訴自己要那麼做，但真的很難。

終於到爸爸住的公寓了。去年暑假，我帶著怨恨的心情來到這裡；如今，我不知道自己是以怎樣的心情來的。我有點手足無措，隨意地環顧四周，突然間，感到有一股視線正盯著我。那感覺就像去年暑假，我用陰沉的目光看著眼前這棟公寓一樣。

我想起在小光背後的那個人影。難道那個人影一直跟在我身後？還跟著我搭了三班電車？

我趕緊跑進公寓的大廳裡。

不過，沒有人追進來。

也許是我的錯覺吧！希望如此。無聲電話和一路跟蹤，假如都是同一個人做的，那他真的太超過了。我實在想不出來會是誰，說不定真的是隼。他不但知道我的手機，也知道宿舍的地址，就連爸爸住的這棟公寓他也來過。況且，我在東京也沒有其他認識的人。

會是隼嗎？

也許剛剛那個視線來自爸爸家裡。我開始想像，當我走進爸爸家裡，隼正好就在裡面，還裝出一臉若無其事的表情。

從車站走到這裡的時候，我還流了一些汗，現在卻覺得背後傳來一股寒意。

不過，我又猜錯了。

爸爸家裡只有他和隼的媽媽兩個人而已。

『別那麼生疏嘛！快進來吧！』

搭電梯上樓時，我還特地用手揉揉臉頰，想讓表情放鬆一點。誰知道隼的媽媽一看到我卻還這樣說。

『我的臉就是長這樣。』

我沒好氣地回答。

『我又沒要求妳必須喜歡我，妳也別老是對我發出敵意，這樣不是很累嗎？』

隼的媽媽好像誤會我是因為她的關係才那麼嚴肅。這樣剛好，反正我本來就沒打算跟他們說無聲電話和被人跟蹤的事。要是被他們知道我才剛到東京就遇到這樣的事，一定會叫我搬來這裡住。

爸爸趕緊跳出來打圓場，溫柔地扶著我的肩膀把我帶到客廳。

『幸好妳今天能過來。妳現在住女生宿舍，爸爸也不方便過去看妳。』

走到沙發旁準備坐下時，我瞥到旁邊的陽台。

『我可以到陽台上看一下嗎？』

『可以啊！這裡離車站雖然有點距離，但因為這裡地勢高，視野很棒喔！』

我並不是想看風景。走到陽台上，我向下瞧了瞧公寓附近的道路，隱約看到有路人經過，不過並沒有人往上看。

我走回客廳，在沙發上坐下。茶几上已經放好茶水了。

『妳和隼見過面了嗎？』

『嗯，還沒。』

我刻意避開這個話題。

『東京多得是帥氣的男生，等咲良有喜歡的人之後，就快把隼甩掉吧！』

『我和他又沒在交往，說什麼甩不甩的。』

『也對，對妳來說，他就像妳的手下嘛！真不好意思，我兒子就那個樣，十足的窩囊廢。』

聽到隼的媽媽說出『窩囊廢』三個字，我不禁尷尬起來。

『不不，隼才不是手下，他是咲良的恩人。要是沒有他，咲良怎麼有辦法來東京唸書呢？』

爸爸又再次介入我們之間。

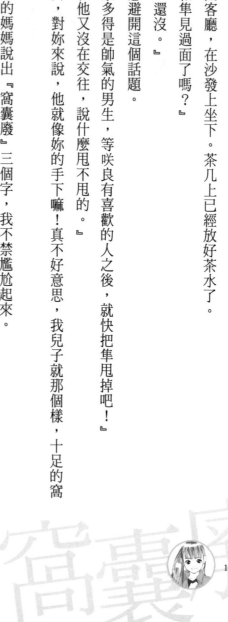

是手下，也是恩人。這我不能否認，而且還有點像情侶，又有點像姊弟。假如我和隼其中一方擅自切斷彼此的緣分，另一方很有可能會由愛生恨。一定會的，就算隼是個窩囊廢也一定會，因為我對隼很早就有那種愛恨糾結的情緒了。

閒聊了一會兒後，我們開車到外面吃飯。途中，我有意無意地往後看，確定沒有車

跟著我們。

難得爸爸請我吃豪華的中華料理當午餐，我卻食不知味。不過我還是把菜吃光了。就算食不知味，也要表現出有食慾的樣子，才不會讓爸爸擔心。

吃完飯後，爸爸載我到車站，我就在那裡和爸爸說再見。

我從包包裡拿出錢包準備買車票，手碰到了手機。不知道為什麼，我想起了美取，心想打電話給她看看好了。

我按下手機的開機鍵。

從電話簿裡找出美取的電話號碼。

這時候，手機響了。

手中的手機不禁滑落。我緊盯著手機的螢幕。

又是那個號碼。

我立刻掛斷電話，並將手機關機。

看看四周……那個人現在就在我身邊，他正盯著我的一舉一動。他就躲在人群裡，心懷不軌地算計著什麼。

『窩囊廢！』

我忍不住大叫出聲。像是在挑釁，其實是在發出求救。有幾個人回過頭看我，但我

管不了那麼多了。我在等待，等待隼從某個角落裡走出來。

只是不管我怎麼等，就是沒半個人影出現。

憤怒、懊悔加上恐懼，讓我的雙腳哆嗦地顫抖起來。

8. 犯人的獨白

我從薄外套的口袋裡拿出兩支手機，放在桌上。

一支是我的，另一支看起來像是女孩子用的珍珠白款式。

擺在旁邊的餐盤上，放了一份三明治和冒著熱氣的咖啡。加入奶精和糖後，我小啜一口，味道還不錯。

這是一家位於車站剪票口前的咖啡廳，大片的落地窗將車站和店內區隔開來，寬敞舒適的空間看起來相當時髦。老實說，進這家店之前我還有些猶豫。姑且不論裝潢如何，這是我第一次一個人進咖啡廳。

本來我是想去圓環廣場對面的那家速食店，但仔細想想，還是這家店比較好。

店裡的顧客看起來都是一派輕鬆，只有我浮浮躁躁。不行，我得想辦法讓自己融入其中。

大口咬下三明治，雖然火腿的分量很多，價格卻比漢堡貴上一倍。好吃，可是很貴，這點分量根本填不飽我的肚子。

看了看手機螢幕上顯示的時間。

距離咲良搭車出門已經過了兩小時。

我一路跟蹤咲良到橫濱的那棟公寓，但看到她搭車出門，我便放棄繼續跟下去的念頭。退出社團也有一段日子了，我知道自己的體力不如從前，再說要是追在車子後面，我早就穿幫了。不過，也是時候該讓她知道我的存在了。

我拿起其中一支手機，按下重撥鍵。

『您撥的這個號碼目前無法接聽，請稍後再撥。』

又是這段語音服務。

咲良把手機關機了，大概是怕再接到無聲電話。哼！她也是會怕的吧！

她應該是去吃午餐了，不知道她在吃什麼，應該是比我吃的三明治更棒的料理吧！不過，她吃得出味道嗎？真的吃得下去嗎？

嘿嘿嘿……

我忍不住笑出聲來。雖然這笑聲聽起來很討厭，但我就是忍不住想笑。真爽！真的是太爽了。

其實一開始打電話給咲良時，我並沒打算不出聲。如果可以，我很想大罵她幾句。只是一聽到她的聲音，我卻說不出半句話，只好沉默。沒想到這樣反而讓她生氣了，隨著無聲電話的次數增加，我知道她越來越害怕。於是我故意打給她卻不出聲，然後掛斷電話。

明知道這麼做不好，但我就是覺得很爽。這是個聰明的報復行動，我用力地點了點頭。

無事可做的春假，我替自己找了應該做的事。

隔天上午，我又來到咲良住的女生宿舍前。不，正確的說法應該是躲在有點距離的建築物下偷窺著她的房間。這一帶幾乎沒什麼人，就算我假裝在講手機也不會引起懷疑。

咲良房間的窗戶打開了。哇！她穿著睡衣耶！我的心就像在寒冷的冬天早晨換衣服時那樣微微地顫抖著。

過了一會兒，換好衣服的咲良走出宿舍。

真可愛。嗯！真的好可愛。

不過，我還是很恨她。

想起她對我做的種種，原本壓抑的情緒又立刻充滿憤怒的黑色血液。好想衝出去，但我忍了下來。

咲良走進宿舍一樓角落的一家店裡，隨即又走了出來，然後走向一旁的樹叢盯著某處看。

我按下手機的重撥鍵。

我隱約看到咲良嚇了一跳的表情。這不是想像，我正在目睹她害怕的模樣。好爽，真的好爽。

『……』

我依舊沒出聲。

不管咲良說什麼，我都打定主意不出聲了。我拚了命忍住想竊笑的衝動。

『好吧！你就繼續不說話吧！那我也不掛電話。到時候收到帳單要是電話費太貴，你就自己看著辦吧！』

躲在暗處，同時透過手機和雙眼接收到咲良的怒罵，我趕緊掛斷電話。當然不是像她說的擔心電話費太貴，我是被她的魄力嚇到了。假如不趕快掛斷電話，說不定會被她發現，那可就糟了。這種非常時候，我得格外小心才行。

咲良開始環顧四周。

我這通無聲電話打得真是太好了。看到她的舉動，我更加佩服自己。

正當她準備往前走的時候，原本隔著一段距離的我也打算跟上去，沒想到半路卻殺出一個程咬金，有個人從宿舍走了出來，叫住了她。

額頭冒出冷汗。我用手背擦掉，有股黏黏的感覺，一定是因為混著黑色血液的關係。

那個大聲跟咲良說話的女生看起來像大學生，看來咲良才剛來東京不久，馬上就交到朋友了。我聽到『約會』兩個字。咲良要和誰約會？到底是哪個傢伙？但她否認了。

她們兩人的對話，我聽得一清二楚，特別是那個像是大學女生的人。

過了一會兒，我等那個像是大學女生的人進入咲良剛剛去過的那家店後，才快步追上去。

超興奮，我的情緒比打無聲電話時更高昂。咲良就在我眼前，我知道她的一舉一動，她卻不知道我就跟在她身後。

她在車站買好票後，走進剪票口。我也買好了票，等電車進站後才趕緊通過剪票口，確定咲良坐的車廂後，我跟著擠進隔壁的車廂。不過這班電車的人很少，所以我沒辦法靠她太近，只好每停一站就隔著車門看看她還在不在。一邊偷看，內心夾雜著喜悅與緊張。

結果，咲良一直坐到終點站才下車並轉搭ＪＲ線。這次因為車裡的乘客很多，讓我和咲良的距離縮短不少，我從旁邊的車門上了車。

之後咲良又轉搭私鐵。對了，我記得她說過要去橫濱。這次我又坐進隔壁的車廂。

可愛……又可恨的咲良，妳讓我變成跟蹤狂，這都是妳害的。妳必須接受懲罰，所以我並不是跟蹤狂，而是對妳下達懲罰的執行者。

咲良下車了，我也跟著下車。沒想到我居然會一路跟到這裡。她開始移動。

我再次按下重撥鍵，可是打不通。剛剛轉車的時候我有試著重撥，但她好像關機了。可惡，這樣我就不能讓咲良知道我一直跟著她，一定要想辦法讓她知道才行，一定要讓她更害怕才行。

她來到一棟公寓前。就是現在！我用陰沉的眼神注視著她。

她的表情變了。

嘿嘿嘿……

我刻意壓低竊笑的音量，全身感到一陣酥麻。真爽！這種事做幾次都不會膩，越做就越著迷。

此刻，咲良一定站在公寓裡某個房間的陽台往下看，我就是有這樣的感覺。我暫時離開公寓，今天的天氣不太好，不過還算溫暖。我在橫濱市郊的乾淨住宅區裡優閒散步，希望將來可以和咲良一起在這裡生活。

撇開跟蹤咲良這件事，我也不過是國中畢業，等待進高中的一個少年。只是，這個春假，我想來趟不一樣的冒險旅行，目的地還沒決定，只要咲良去哪，我就去哪，所以我現在才會在這裡。

差不多過了三十分鐘，我再度回到公寓附近。我不是個認真的跟蹤狂，但這樣就好，我只要出其不意地嚇嚇咲良就夠了。

所以就算看到咲良搭車離開，我也一點都不慌張，反正她回家的時候一定會再去車站，我只要在那裡等就好了。既然不急著回車站，我索性悠哉地散步，隨處晃晃，回到車站後，進了這家店。

我三兩下就把三明治解決了。沒辦法，只好再加點一份雞蛋三明治。

我待在店裡慢慢等待咲良現身。透過落地窗，剪票口的情形一覽無遺，這裡真是個適合偷窺的好地方。車票已經買好了，即使咲良沒來，我也不擔心，反正我知道她會回哪裡，女生宿舍的路我都摸透了。

就在我吃完雞蛋三明治的時候，咲良出現了。她只有一個人。

我連忙站起來，卻又慢慢坐回椅子上。

咲良正從包包裡拿出手機，不知道她要打給誰。對了，這麼說來她現在開機了。我趕緊按下重撥鍵。

落地窗對面的咲良鐵青著一張臉，表情相當僵硬。看來我又逮到了好時機。

她直接切斷我的來電。沒關係，這樣我剛好省下壓抑竊笑的力氣，想著想著，我嘿嘿嘿地笑了出來。鄰桌一位看起來很有錢的中年婦女詫異地看著我，但我已經停不下來了。

『窩囊廢！』

咲良大叫了一聲，中年婦女也跟著朝她的叫聲望了過去。

我立刻拉下臉。

我不是窩囊廢，我有名字的。既然要叫，就該叫我的名字。這樣我就會堂堂正正地出現在妳面前。

體內的黑色血液開始逆流。

少瞧不起人了。

咲良沒進剪票口，反而跑出車站外。

妳在害怕嗎？不過，一切才正要開始。我要讓妳牢牢記住我的存在，不再叫我窩囊廢。

喀噠喀噠喀噠喀噠。

我的手微微地顫抖，咖啡杯和手機互相碰撞發出聲音，鄰桌的中年婦女又將視線轉移到我身上。我站起來離開了座位。

我想不起來該怎麼去女生宿舍。

然而當我回過神時，卻已經站在女生宿舍前面了。這次我不再偷偷摸摸，而是抬頭挺胸地站在宿舍前，體內沸騰的黑色血液已經降溫了。

我暗自決定好接下來要做的事，也想好了方法。今天早上那個像是大學女生的人教我的方法。雖然她是在和咲良說話，但現在想想，她應該是對我說的。

我走進女生宿舍停放腳踏車的地方。

裡頭的門鎖上了，不過那裡沒有車棚，只有一面牆。我就近找了輛腳踏車踩上去，輕輕鬆鬆地翻過了牆。雖然順利到令我有點訝異，但我還是強裝鎮定。記得小時候不小心把球丟到別人家裡，我就會翻牆進去撿球，這感覺就和當時一樣。

翻牆時，我踩的那輛腳踏車不小心發出聲音，不過並沒有引起別人的注意。

接著我爬上樓梯。提高警覺，刻意壓低腳步聲，闖空門的人好像都會這樣。也許是因為太過小心翼翼，我一點都不亢奮，反而相當冷靜。

終於來到咲良的房門前。

試著轉動門把。就像咲良說的一樣，她忘了鎖門。

我打開門，走進房裡。

這時候天色也不早了，拉上窗簾的房間有些暗。

我用力吸了一口房間內的空氣。

果然是剛住不久的房間，空氣中混雜著陌生的氣息與霉味，還有一股淡淡、甜甜的體味，是咲良的味道。趁著雙眼慢慢習慣黑暗的時候，我緩緩地吸著、品味著這屬於咲良的氣味。

為了避免讓稍後回家的咲良起疑，我沒開燈。待在黑暗中，更能令我感受咲良的存在。

手中拿著脫下的鞋子往裡面走。

咲良的房間很簡單，前方是廚房，對面是廁所和浴室，木板地上放了張矮桌，旁邊還有一張床和書桌。牆壁邊平放著攤開的瓦楞紙箱，一旁還擺著還沒整理的雜貨，衣櫃是開著的，裡頭掛了幾件春裝。

我伸手觸摸她的衣服，指尖感受著布料的觸感，讓我感覺像在撫摸咲良的肌膚。我一一觸摸掛在衣櫃裡的每一件衣服。

目光向下移，我看到下方有個收納盒。我悄悄拉開抽屜。

裡面裝著摺疊整齊的內衣、褲。

我把臉湊過去，用力地聞了一下。

那些內衣、褲飄出一股洗衣粉的味道，即使如此，我還是當成咲良的氣味。

現在的我正被咲良包圍著。

我在黑暗中屏氣凝神，將摺好的內衣、褲一件件攤開欣賞。

哪一件最適合她呢？太多蕾絲花邊的不太好，不過，舒適好穿的運動型又太單調。花了一點時間，我選了一件內衣和一條內褲，把其他的重新摺好，放回原處。

內衣應該是淺粉紅色的。我想咲良穿上它，一定能展現美麗的胸部曲線。內褲是白色的，不過還帶著點光澤感，摸起來很舒服。

我把選好的內衣、褲拿在手中，坐在床上。

我將內衣、褲放在枕頭旁，透過窗簾的縫隙往外看，路燈正好亮了起來，我似乎聽到遠方傳來〈七個孩子〉的旋律。五點了，在外面玩耍的孩子們也要回家了。

那我到底在幹嘛？

腦中突然閃過這個疑問。

對了，我偷偷潛入咲良的房間，正在把玩她的內衣、褲。現在的我已經超越了跟蹤者的程度，正朝變態的領域邁進。讓我想想，等咲良回來的這段時間，我該做什麼好呢？

現在回頭應該還來得及。

看來咲良還沒那麼快回來，乾脆趁現在拿著選好的內衣褲趕快離開。這樣已經是很不得了的犯罪行為了，咲良要是發現她的內衣、褲各少了一件，一定會嚇到休克吧！這麼一來，懲罰的目的就算達成了，然後我就能坐上電車，安心地回去繼續過無聊的春假。

我自在地躺在床上，拿起枕頭旁的內衣和內褲摩擦著臉頰。

啊！咲良，我心愛的咲良。

腦海裡不斷浮現咲良的臉，她張著嘴似乎有話要說。突然間我聽到她大叫：

『窩囊廢！』

為什麼要這樣叫我？

內心湧起一股無比的哀傷。

我用內衣壓住鼻子，嘴裡咬著咲良的內褲，鼻涕、口水和眼淚同時湧出，我緊咬著內褲壓低哭聲。

咲良，妳不了解我，也不想了解我。所以，我要懲罰妳，讓妳永遠記得我。

我已經不能回頭了。

無聲電話、跟蹤、私闖民宅……還有一件事。

沒錯，既然都到這個地步了，就把那件事也順便做了吧！

我拿出隨身攜帶的兩支手機。房間裡太暗，我分不出來哪支才是我的，不過，現在不管用哪支都沒關係了。我拿起其中一支，按下早已背得滾瓜爛熟的號碼。最好是那傢伙來接，假如不是就把電話掛了，反正我現在是無聲電話高手了。

『喂，這裡是藤森家。』

嘿嘿嘿……我忍不住竊笑出聲。太棒了，就是那傢伙。

『你是銀河吧！你好啊！知道我是誰嗎？』

『……喔，是你啊！』

電話的那頭停頓了一會兒後，傳出這樣的回答。雖然知道他瞧不起我，但他也表現得太明顯了吧！

『現在有空嗎？我有話想跟你說。』

『幹嘛啦！你要說咲良姊的事嗎？』

銀河的語氣立刻轉變，聽起來相當不悅。

『你也真奇怪，幹嘛喊自己的姊姊還要加上名字呢？』

『要你管。咲良姊也是直接叫我的名字，我們自己習慣就好了。』

『習慣啊……明明是姊弟，感覺卻像外人一樣。』

『就算是外人，我們還是姊弟。』

『是嗎？你這個暗戀姊姊的弟弟。』

銀河突然安靜下來。果然沒錯，這傢伙的確喜歡咲良。

『你打來只是要說這些廢話嗎？有屁快放！』

又來了，年紀比我小，卻那麼囂張。

『你想不想知道咲良今天一整天做了什麼啊？我可以詳細地告訴你喲！』

『你怎麼會知道咲良姊今天做了什麼？』

『嘿嘿嘿……你說呢？』

接下來，我把咲良今天的行動都告訴了銀河，從早上打開窗戶穿著睡衣伸懶腰的樣子，到跑出橫濱市郊車站為止所有的經過。我想銀河的臉應該都綠了，如果用視訊電話一定會看到那樣的表情。感覺真爽。

『你這個跟蹤狂！』

『是啊！但我還可以更誇張喔！』

『你說什麼？』

銀河火大了。對對對，再生氣一點，反正就算你再生氣，也沒辦法馬上從茅野趕到這裡。

『你現在在哪裡？你還在跟蹤咲良姊嗎？』

『不，我和她分開了。因為有點累，我先回到這裡等她。』

『你在女生宿舍前埋伏嗎？』

『不是，是在一個可以輕鬆休息的地方。』

銀河倒吸了一口氣。

『你該不會……在咲良姊的房裡吧？』

『你說呢？』

咲良的房間裡一片漆黑，空氣中全是她的氣味。我拿起咲良的內褲對著手機揮了幾下。銀河，你看見了嗎？

『你是怎麼進去的？』

銀河的情緒已經瀕臨崩潰，就像煮滾的開水。我冷冷地回答：

『這都要怪咲良。』

『你在胡說什麼？』

算了，我不想再和他多說。

『我要掛了。』

『要是咲良姊有什麼事，我絕對饒不了你！』

當銀河大叫的時候，我已將手機拿離耳邊，要不然我的耳膜可能就破了。

我掛上電話。

接下來，我只需要靜靜地等咲良回來就好。

我鑽入咲良的被窩裡，全身蜷曲，把頭也蓋了起來。我把咲良的內衣、褲用力地壓住胯下，渾身一陣酥麻。這種奇異的感覺麻痺了我，帶我進入淺眠之中。

不知道究竟睡了多久。

聽到開門的聲音，我醒了過來。咲良總算回來了——我可愛、又可恨的咲良。

啪的一聲，電燈亮了。

我蜷縮著身體，躲在咲良的被窩裡。

咲良脫鞋走了進來。突然，腳步聲停住了。房裡的空氣變得相當緊繃。

咲良正在往我這裡看，她害怕得出不了聲，雖然我躲在被窩裡，卻非常清楚。體內的黑色血液再度翻騰。

『妳回來啦！』

躲在被窩裡的我丟出這麼一句。

『……是誰？』

我輕輕動了動身體。

咲良向後退了一步，發出小聲的驚叫。喀噠！可能是咲良踢到了那張矮桌，一定很痛吧！

又變安靜了。

該是我露面的時候了。

『窩囊廢？』

這次她是用發問的語氣說出這三個字。

太過分了！體內的黑色血液直衝腦門。為什麼要叫我窩囊廢？我才不是那種發育不良的爛東西！我有名字的！

『我才不是什麼窩囊廢！』

我用力掀開棉被，坐了起來。

『……』

咲良頓時臉色大變。她睜著一雙大眼，用高挺的鼻子倒吸了一口氣，性感的嘴唇微開，嘴裡的舌頭若隱若現。

我的身體微微顫抖。此刻的咲良比平常更可愛，也更可恨。

9. 埋伏的犯人竟然是……

跑出車站後，我急忙跳上一輛停得最近的公車。我現在的模樣一定很慌張。

如果打無聲電話和跟蹤我的人是隼的話，我絕對饒不了他。雖然過去我對他的態度不好，還寫了封要和他斷絕往來的信，但我是真的覺得有必要才那麼做的。

而且我也在信裡向他道過謝啦！就算再怎麼不情願，我還是說了謝謝。所以我才認為隼會了解我的想法，會再給我一點時間。

就算他再怎麼不高興，也不該用這種卑鄙的方法報復我。我真是看走眼了。要是被我逮到，我一定狠狠地掐住他的脖子，先給他一拳，再補上一腳。

誰叫他讓我那麼害怕。

除了隼，我已經想不出其他人了，但我還是無法將那個躲在角落的陰險小人和隼聯想在一起。難道我認識的隼私底下還隱藏著這樣的一面？

或許，犯人另有其人？但我心裡卻沒有半點頭緒，越想越感到害怕。可能那個人只是想宣洩心中的不滿，偶然挑中了我。這種事在東京似乎也不足為奇，我記得隼的爸爸說過東京和茅野的治安差不了多少。

公車上有五位乘客。公車即將離站，所以我趕緊跑到最後一排往後車窗看出去。只可惜就算我努力張望，還是看不清楚站內的狀況。

還好，最後一排沒半個人，可以暫時放心一下。不過想想，歹徒很有可能就是在我之後上車的乘客。

我暗自祈禱公車快點開走，希望別再有乘客上車。

沒多久，有個乘客上車了，是位打扮入時的老奶奶，在茅野幾乎看不到這樣的人。雖然她看起來身子很硬朗，但我想犯人不會是她。

接著又上來了兩個人。起初看到是個年輕的男生，我的肩膀下意識地抖了一下，不過接著又上來了一個女生，他們看起來像是一對情侶。他們倆看都沒看我一眼，一直往後走，最後坐在最後一排的座位，背後傳來他們嬉鬧的聲音。也許犯人不只一個，而且不一定就是男性。這樣的組合在茅野也很常見，看起來感覺都土土的情侶檔。看來他們絕不是混黑社會的人，但不能保證他們不是一對變態情侶。正當我繃緊神經的同時，又有一個人上車了。

是個看起來和我差不多年紀的男生。瘦瘦高高的，帽簷壓得很低，還戴了付像是變裝用的眼鏡，身上穿著隨處可見的長袖棉T配牛仔褲。

不會吧！

他上車後，立刻坐在駕駛座後方的位子。要說像，的確很像。身高和體型雖然相似，偏偏就是看不到他的臉。

公車終於開了。車內廣播著沿途會經過的地方及終點站，全是我沒聽過的地名，所以我也沒專心在聽。我集中精神盯著最後上車的那個男生。同時，坐在後面的那對情侶說不定也正在享受著監視我的變態樂趣，但這種可能性應該比讓全車乘客都死於交通事故還低。算了，不管他們了，我現在也沒多餘的心力去注意他們。

最後上車的那個人是隼的可能性還高一點，也有可能是隼以外的變態。

那個人拿出手機，不停地按來按去，這種畫面平常看到了不會覺得有什麼，此刻我卻不自覺地拿出手機。沒問題的，我已經關機了。

公車緩緩地開進新興住宅區。

坐在搖搖晃晃的車內，我開始感到不舒服。空氣中有股淡淡的柴油臭味。

沒想到那對情侶很快就下車了，身後頓時覺得輕鬆不少。

接著老奶奶也下車了。

途中又有新的乘客上車，但我都不以為意。應該說，沒有餘力再去注意別人。

坐在駕駛座後面的那個人還在玩他的手機，也許他在打一封很長的簡訊，也可能是在玩遊戲。想是這樣想，我的眼睛還是離不開他，強迫自己別去看，卻又忍不住想看。嗯……好想吐，再這樣下去，搞不好我會吐出來。

好吧！既然那個人不打算下車，我只好先下了。正當我準備伸手去按下車鈴的時候，那個人突然站了起來。

他慢慢朝我走近，然後停了下來。

我覺得胃裡一陣翻絞，中午吃的中華料理就快吐出來了。嘴裡一股酸味，而且還熱熱的。我硬是將強烈的嘔吐感忍了下來。

那個人一臉驚訝地看著我，不是隼。對方接著按了下車鈴。

公車立刻停了下來，他一派輕鬆地踩著階梯下車了。

公車再度開動，我無力地癱在椅子上。好險，不是隼。我感覺自己的額頭冒出油膩的汗水，嘔吐的感覺也從喉嚨退回了胸口。

我剛剛的表情一定很可怕，所以那個人看到我才會出現那種反應。

因為不知道該在哪裡下車，而且我也累壞了，所以我就一路坐到終點站。

下車後，我感到一陣頭暈，大概是輕微的貧血。記得小學三年級時有一次朝會，我就曾因為頭暈而昏倒過。當時爸媽鬧得很僵，我沒吃早餐就去上學。那天的早餐是烤吐司和煎荷包蛋。以往就算早餐不是吃飯，媽媽也一定會煮味噌湯，那天卻沒有。就算我當時年紀還小，也感覺得到媽媽心情非常差。

眼前的景色有些模糊，先是籠罩著淡淡的青色，接著慢慢多了紅色，這次我沒暈倒。我用手扶著公車的車身，努力地向前跨步移動。

終點站是某個車站。雖然和我來的時候搭的電車不同，不過坐這班也可以回東京。

走進車站的廁所後，我吐了。

中午爸爸請我吃的中華料理全都流進了排水溝裡。吐完後，突然感到一陣涼意，但馬上就退了。我到自動販賣機買了瓶熱茶，先含了一口在嘴裡漱漱口，然後才慢慢地小口喝著。也許是認為自己已經安全了，我覺得這茶還真好喝。

心情平復後，我拿出手機。如果現在開機，說不定又會接到無聲電話，不過我現在已經不怕被監視了。趁現在趕快打給隼，雖然不想那麼快就和他聯絡，但我已經忍不住了。

要確認他是不是犯人，就只有打電話了。

按下開機鍵，迅速從電話簿裡找出他的號碼。

電話通了，但沒人接。他是故意不接，還是現在人不在手機旁邊呢？

連續響了幾聲之後，電話轉進語音信箱。我猶豫著要不要掛斷，最後決定留言給他。要是不做點什麼就回宿舍，我沒辦法安心。

『我是咲良。你是不是一直在監視我？如果真的是你，也該停止了吧！居然還跟我跟到橫濱，不覺得太過分了嗎？如果不是你，馬上到我住的女生宿舍。你應該知道地址吧？宿舍一樓有間餐廳，到那裡等我。』

掛斷電話後，隨即將手機關機，這樣就ＯＫ了。餐廳裡有小光在，我不是一個人，這樣就可以放心地好好問他。假如這些事真的是隼做的，我絕對不原諒他。如果不是，就先勉為其難地讓他當一下保鑣，雖然他實在不怎麼可靠。用小光教我的方法偷偷帶隼進宿舍，今晚讓他睡一晚倒也無妨，反正現在找不到其他可以幫忙的人。這件事千萬不能讓大人們知道，當然也包括隼的爸爸。好不容易才爭取到在東京生活，如果被他們知道我遇到這樣的事，一定會叫我回茅野。

天色漸漸暗了下來。

現在就算再趕，回宿舍時天也已經黑了。回宿舍的路上人很少，乾脆用跑的回去好了。

我買好車票，坐上電車。進電車前順便確認了一下，月台上並沒有可疑的人。

透過車窗看著窗外的景色。東京市郊的風景並沒有什麼特別，在眼前飛快閃過的街道或丘陵我也無心去看，我的眼裡只看得到天空。今天天氣陰陰的，所以看不到美麗的夕陽。這段介於日夜之間緩緩流逝的時光，宣告著夜晚的來臨；天空中的明亮開始散去，取而代之的是一片黑暗。我看不到星星，只看到點點閃爍的霓虹燈。

心中浮現不安，此刻，我徹底感受到自己孤零零的。真希望有人來接我。

這班開往市區的電車座位都坐滿了，還有一些人站著，但卻不是很擠。我感覺自己彷彿獨自坐在無人的電車裡，非常孤獨。過去我也都是自己一個人，現在更加深刻體會到『一個人』的感覺。此刻的我渴望著與人接觸，空空的胃也跟著縮了起來。

轉了兩班車抵達宿舍附近的車站時，天色已全黑。

喀啷喀啷作響的平交道鈴聲一停，柵欄也升了上去，我把它當成起跑的暗號跨步向前跑。我怕如果慢慢走，就會被吞噬在黑暗中，所以顧不得還有沒有體力，滿腦子只想往前跑。一路狂奔，看到紅綠燈也不管。我的腳步聲在街道中迴盪，呼吸變得吃力，但我還是繼續往前跑。途中一度差點被腳踏車撞上，儘管背後傳來了腳踏車的煞車聲，我還是不停步。我已經停不下來了，使出渾身的力氣，在夜裡奮力衝刺。

我推開餐廳的門，強忍住想倒下的念頭，彎下身子把手撐在膝蓋，發出急促的喘氣聲。

『咲良，妳怎麼啦？遇到色狼了嗎？』

小光靠了過來，拉了一張椅子讓我坐下。

『沒有，不是。』

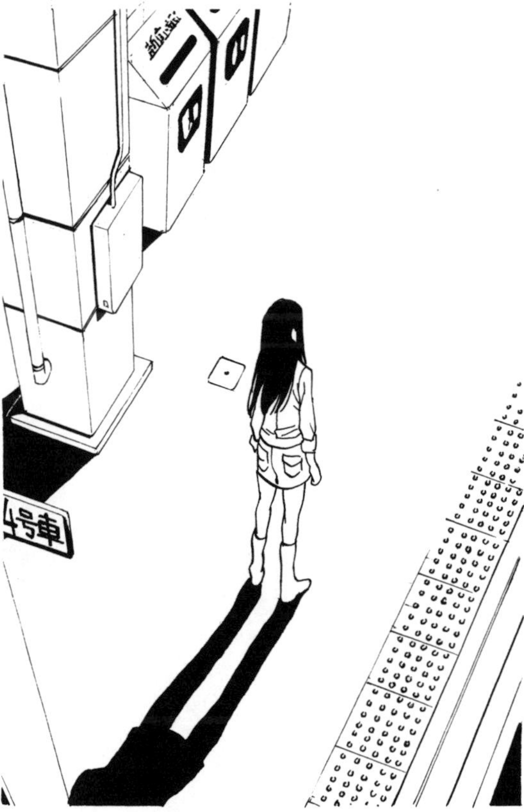
4号車

這麼說來，剛搬來的第一天晚上，我也曾把跟在我身後的小光誤當成色狼。

真希望最近發生的一切也是我搞錯了。

我用手撐住椅子，目光在店內搜尋。現在是用餐時刻，店裡有幾桌客人正在吃飯，卻不見隼的身影。

『有沒有一個看起來和我差不多年紀的男生來過？』

『只有一個，不過是女生。』

我還有點喘，小光順了順我的背。我說：

『他高高瘦瘦的，一臉的窩囊樣。』

『窩囊樣，妳是說窩囊廢的「窩囊」嗎？』

我點點頭。

『他是妳男朋友嗎？你們約在這裡見面？那妳也遲到太久了吧！』

『不是那樣，是約了在這裡，但不是妳想的那樣。』

『不懂。』

小光雙手環胸，露出困惑的表情。廚房那頭傳來老闆的叫聲，應該是菜做好了。

『妳先坐下吧！』

小光匆匆丟下這句，轉身走向廚房。我拉開椅子坐下，等小光忙完過來。

隼沒來。他沒聽到我的留言嗎？還是正在趕來的路上？難道犯人真的是他？總之，他現在不在餐廳裡。

過了一會兒，小光又靠過來了。

『妳再等等看好了。要不要先吃點什麼？』

她把菜單遞給我，但我沒看。雖然中午吃的東西都吐出來了，我卻沒有半點食慾，與其吃東西，我更想回房裡躺著休息。

雖然沒看到隼，但一看到小光，我就放心多了。我決定回房間。

『我不餓。有件事想麻煩妳，如果妳看到一個像窩囊廢一樣的男生來找我，請轉告他，我在房裡。』

『戀愛的問題就放心交給我吧！別看我這樣，我可是經驗豐富呢！有些房客還說我是女生宿舍的老媽子。不過我現在有點忙，等會兒再聊囉！』

『可以陪我一下嗎？』

我拉著小光往外走。

『可是我現在在打工耶！』

『再一下下就好。』

我把小光帶到宿舍大門前，按下自動鎖。

『這裡只有我們兩個吧！』

『妳該不會是和男朋友吵架，他要跑來這裡鬧吧？』

『我也搞不清楚是怎麼一回事。等妳打工結束後，可以來我的房間嗎？到時候我再詳細說給妳聽。』

現在我只能拜託小光了。

『要不要我陪妳到房間？』

小光的語氣透露出擔心。不過現在餐廳正在忙，我不能給她添麻煩。

『沒關係，到這裡就好。』

『嗯，那待會兒見。』

小光一直站在門外看著我進宿舍，我向她揮揮手後，走進電梯。

搭電梯的時候，我想起早上小光說過的話。大門和電梯有裝監視器，應該就是門右上方那個圓球形的鏡頭吧！嗯，應該是。

電梯一路直達四樓。

我屏住呼吸，壓低腳步聲沿著走廊走回房間。其實根本沒這個必要。公寓裡非常安靜，現在是春假，大部分的房客不是回老家就是去旅行了。

我站在房門前。

正準備拿出鑰匙時，才猛然想起早上出門時忘了鎖門。我的房間就這樣一直處於開放的狀態，不管是誰都可以隨意進出。想到這，我不禁吞了吞口水。

悄悄用手去碰門把，掌心傳來一股寒意。

慢慢地轉動門把。沒上鎖的門立刻就開了，我緩緩地打開門。

房間裡一片漆黑。

我往裡頭踏出一步，突然感覺有點怪怪的。到底是哪裡怪呢？雖然搬進這間房間還沒多久，我就是覺得和平常有點不一樣。但我提不起勇氣直接開燈，只好把門半開讓走廊的光透進來。瞧了半天，還是不知道到底哪裡怪，但鼻子裡卻有種癢癢的刺痛感。

希望是我想太多了。

關上門，打開燈。

房間裡一片凌亂……才怪。我脫掉鞋子，往房裡走去。

瞬間，我停下了腳步。床上的被子不自然地隆起，看起來就像有人窩在裡面。

『妳回來啦！』

被子裡傳出一句模糊的聲音。

腳底似乎有股冷風竄起，我全身起了雞皮疙瘩。完全使不上力，只能呆站在原地。

是那個人嗎？一直打無聲電話給我，跟蹤、監視我的那個人？

好想逃走，雙腳卻不聽使喚。無計可施的我用嘶啞的聲音問：

『……是誰？』

『……』

沒人回答。仔細一看，床上的被子微微地動了一下。裡面有人。

一定是隼，我努力說服自己。如果是他，我就知道怎麼對付他了。如果是隼，我一定要狠狠地海K他一頓。可是，如果不是他呢？不知道，我也不想知道。

『窩囊廢？』

我從沒像現在這樣提心吊膽地說過這三個字。此刻我真的希望被子裡的人就是他。

被子又動了一下。

下意識地想別過頭，可是就算不想看也無法不看。我感到極度後悔，早知道就讓小光陪我回房間了。後悔也來不及了，我現在只有一個人。

『我才不是什麼窩囊廢！』

被子在淺淺的怒氣聲中被掀開了。

我忍不住叫了出來。

有那麼一下子，我認不出這個人。這張臉我彷彿似曾相識，好像在哪裡見過他……

不，我認識他。而且見過好幾次面。

『我有名有姓，別把我叫成那種發育不良的東西。』

可是，他怎麼會出現在這裡？我的腦中一片混亂，誰來告訴我這是怎麼回事？我實在想不透，為什麼他會在這裡啊？為什麼、為什麼、為什麼！

『好好地叫我的名字。』

我動動僵硬的脖子點了點頭，想出聲卻開不了口，痙攣的神經牽動牙齒，發出微微的顫抖聲。

喀喀喀喀。嘰嘰嘰嘰。

耳邊傳來陰沉的竊笑聲。那張我已經看過好幾次卻沒有半點興趣的臉，正發出笑聲。

『妳應該不是那麼健忘的人吧！』

我趕緊用力地搖搖頭，邊搖頭邊努力讓自己發出聲音。振作點，咲良，快把他的名字說出來。

『……谷……谷川同學。』

終於說出口了。

『好久不見，我就是妳不喜歡、也不討厭的谷川。』

谷川同學下了床站在地板上，手上好像還拿著東西。

我試著讓僵硬的嘴繼續發出聲音。就像在強力寒流來襲的夜裡，要先把水龍頭輕輕打開放著，免得因為氣溫太低而凍結破裂。雖然我現在在東京而不是茅野。

『打無聲電話的人也是你嗎？』

『是啊！所有的一切，都是我做的。』

我露出百思不解的神情。

『為什麼？妳想問為什麼對吧？因為我很火大。』

谷川同學拿起手中的內褲摩擦臉頰。看到我迴避的眼神，他又再摩擦了一次。

『畢業典禮那天，我好不容易鼓起勇氣向妳表白，妳卻說對我完全沒興趣，還說什麼我喜歡的不是真正的妳。說那是什麼屁話！既然妳不喜歡我，那我就要讓妳討厭我，而且我也想看看真正的咲良到底是什麼模樣。』

谷川同學把我的內褲塞在嘴裡。我立刻別過頭去。

『怎麼樣？是不是討厭我了？』

明明是自己要喜歡上我，又擅自決定要被我討厭，當初我就是不想被捲入這種麻煩事才決定到東京生活。為了不想引起注意而塑造出虛假的藤森咲良，在谷川同學的表白下提前破功就算了，想不到卻引來了更麻煩的事。

『我討厭你。』

我照實回答，內心後悔起自己種下的惡因。

『我想也是。不過，我還是喜歡妳。今天跟了妳一整天，我發現自己比以前更喜歡妳了。妳很可愛，但我對妳的恨意又增加了一百倍。雖然恨妳，但妳的可愛卻又勝過千倍，所以我決定要讓妳徹底地討厭我。因為妳，我快變成變態了。』

谷川同學的眼神變得很奇怪。

『好吧！接下來我會讓妳更討厭我。坐下來，聽我說說妳到東京之後，我都做了些什麼。』

谷川同學把手放在我的肩上，一隻手還拿著我的內褲，他按住我不停發抖的肩膀，要我坐在床上。

『首先是妳那個沒有血緣關係的囂張老弟，他不但瞧不起我，還對我口出惡言，所以我就叫日立好好地修理他一頓。本來打算叫他說出妳在東京的住址，誰知道他嘴巴還真硬，不說就是不說。』

『你打了銀河？你和日立兩個人嗎？』

頓時，我內心的憤怒蓋過原先的恐懼。日立，晴香的男朋友，晴香的……

『原來他沒說啊！那傢伙就怕妳擔心。怎麼樣，是不是更討厭我啦？是啊！我和日立海扁了他一頓，夠卑鄙吧！但我還不滿意，因為我還想對妳做點什麼。所以我又拜託日立的女朋友晴香問出妳的住址，她聽我說了那天的事也很生氣，大概是覺得被妳背叛了吧！加上日立也在旁邊幫腔，所以她就乖乖照做了。』

原來如此，所以晴香才會打電話給我。

『那美取呢？』

『那個蠢女人也是啊！起初聽到妳瞞著她偷偷到東京的時候還很生氣，結果一聽到晴香說我打算報復妳，馬上又跑來想阻止我。為了不讓她向妳通風報信，我把她的手機拿走了，順便威脅了她幾句。』

谷川同學摸摸外套的口袋，拿出兩支手機，並將其中一支遞到我面前。那支珍珠白的手機是美取的沒錯，怪不得我怎麼打，她就是沒接。原來美取本來打算阻止他，可是晴香卻站在他那邊。這也難怪，她一定很氣我。是我自己不肯對晴香敞開心胸，實在沒立場責怪她。不過這打擊還真大，我萬萬沒想到晴香會這樣對我。

『我的手機號碼，妳一定不知道吧！因為妳對我沒興趣啊！不過，妳的手機號碼是晴香告訴我的。我趁著晚上撥了通無聲電話給妳，感覺超爽。聽到電話那頭妳害怕的呼吸聲，讓我更加興奮。所以隔天早上，我就決定搭最早的那班車到東京來找妳，我要享受更爽的感覺，我要讓妳更討厭我。』

谷川同學的聲音在顫抖，那是一種出自愉悅的顫抖。

一直以來，我都只考慮到自己，所以上天決定給我一個懲罰。懲罰的化身就是谷川同學，他果然給我了重重的一擊。

我接著問：

『那你滿意了嗎？』

『今天一整天，我也一直這樣問自己。答案是不滿意，我已經停不下來了，在妳恨我之前，我已經停不了了。妳知道妳害怕的樣子有多可愛嗎？我已經受夠了只能躲在暗處偷窺妳，我想更接近妳。這個念頭在我腦中一直膨脹，要怪就怪妳自己，這都是妳引起的。』

谷川同學把我壓倒在床上。他瘦歸瘦，畢竟以前參加過籃球社，力氣大得很。他整個人騎在我身上並扣住我的雙手，我被他壓得動彈不得，他的臉慢慢朝我靠近。就是這個味道，打開房門時，那股讓我鼻子感到刺痛的氣味。他的口水滴到我臉上，我拚命掙扎。放開我，你這個討厭的傢伙！就算都是我的錯，你也不能這樣對我！我張開嘴打算大聲呼救，卻被他用手摀住了。

叫不出聲的我感到無比的恐懼。看到我這副模樣，谷川同學顯得更加高興。

我使出全力，放聲叫出那個名字。

……隼！

10. 手球、吉他、老爸的那句話……和咲良

放春假後，我心裡一直籠罩著一層烏雲，幸好這兩天和出雲到外頭活動身體，讓我體內的烏雲統統化作汗水排出體外，變成水蒸氣升上天空。今天的天氣不太好，公園裡沒什麼人，這樣剛好，我可以更無所顧慮地練手球。

當然，今天又是和出雲一起練習。

今天早上起床後，打了通電話給出雲，他似乎已經從昨天的傷痛中恢復，馬上就答應要和我去公園。只不過有個條件，出雲要我帶吉他去教他，他大概想試試手球以外可以吸引女生的方法吧！

老爸知道後，煞有介事地把吉他交給我，說：

『來，我把我的青春交給你，這把吉他是你的了。』

『我會還你的啦！』

『不用，就送給你，老爸的青春從今天開始正式劃下句點。』

『你早就不年輕了吧？』

『我的心一直都很年輕。』

聽老爸這麼說，我還真不知道該怎麼反應才好。老爸緊接著說：

『雖然我的青春劃下了句點，戀愛卻沒有喔！』

老爸和老媽離婚後一直保持單身，他當然有談戀愛的權利。只是，要談戀愛也別找兒子學校社團的顧問嘛！也不想想這樣我會有多尷尬，之前我就因為這件事離家出走過一次。

『喔！』

正當我在想著該如何回話的時候，老爸突然話鋒一轉丟出這麼一句：

『對了，你和咲良怎麼了？我覺得你們好像刻意在避著對方。』

這是咲良到東京之後，老爸第一次問到關於她的問題，看來他也憋了很久。

『咲良之前寄了封信給我，說她會忘記以前的一切。』

我勉為其難地說出理由。反正，老爸總有一天還是會知道的。因為他是咲良在東京的保證人，他們一定會再碰面，就算我想瞞也瞞不了。

『這樣啊！怪不得那天你嘴上說有事不去，最後還是跑到新宿車站，躲在柱子後面偷看咲良。』

被抓包了。這一瞬間，我覺得臉頰像是著了火一樣，好燙好燙。

『那是因為……』

『這又沒什麼，想當年，老爸也做過類似的事。我跑到甩掉我的女孩家門前，一直瞪著她開了燈的房間。』

啊！我也是。我也跑到咲良住的宿舍附近。還撿了她踩斷的草蜥尾巴。我感覺臉頰的灼熱感變得更強烈，向上蔓延至額頭，從髮際冒出了汗水。

『荷蘭芹、鼠尾草、迷迭香和百里香。』

老爸沒來由地這麼說。這是我最近在練習的〈史卡博羅市集〉的歌詞裡出現的四種香草。

『？』

『沒什麼啦！只是突然想到而已。』

『是嗎？』

我有些不以為然。

『你們這個年紀，女生都比較早熟。或許咲良現在是把你當成墊腳石，想往更好的地方跳。你被踩著肯定不好受，但向上跳的咲良也很努力，所以你就別跟她計較了。就算再不甘願，還是忍一忍吧！這麼說或許很殘酷，但這也是成長的必經過程。』

老爸故意繞到我身後，嘴裡唸唸有詞地這麼說：

『你看你看，我說的果然沒錯，你背上有咲良的鞋印喔！』

『哪有！只是衣服髒了。』

我假裝要脫去上衣，當然只是說說而已。

『過一陣子，鞋印就會消失了。』

『希望囉！』

老爸把手放在我肩上，接著說：『放心，咲良會再回到你身邊的。到時候，你可以像現在一樣當墊背接住她，也可以一閃身，讓她摔在地上，然後對她說：哼！活該。』

我一手拿起吉他盒，另一手將裝了乾淨T恤和毛巾的背包往背上揹。

手球、吉他和老爸說的話。

哼！活該。

練完球後全身大汗，我脫去上衣用毛巾擦背時，不自覺地脫口說出這句話。不是對咲良，而是對我自己。背上的鞋印還清晰可見，根本不像老爸說的那樣，時間到了自然會消失。唉！還是別想了。

『你幹嘛碎碎唸啊？』

出雲有點不滿地問。

『我不是在說你啦！這兩天多虧有你陪我，謝了。』

『對了，明天我沒空喔！有點事要辦。』

『要約會啊？』

明知道不可能，我還是這麼問。

『拜託，如果我有約會的對象，昨天就不用去搭訕，今天也不必叫你帶吉他來了。』

擦乾身體，換上乾淨的T恤後，出雲叫我彈吉他給他聽。我先看了看四周，假如是練手球的話，我才不在意旁邊有沒有人。吉他就不同了，我很有自知之明，以我現在的程度根本還不能彈給別人聽。

『在這裡彈啊？』

『我知道你彈得爛，畢竟你才剛學沒多久，我只是想知道初學者大概能彈到怎樣的程度。放心啦！就算你彈得再爛，我也會忍耐著聽下去的。』

我從吉他盒裡取出吉他，坐在長椅上，把吉他放在膝上。彈之前先來調個音好了，光是這樣就讓出雲看傻了眼。

『先說好，我現在只學會一首，而且還沒全部記熟喔！』

話一說完，我的左手按住第一個和弦。食指和中指前端隱隱作痛，但這樣的疼痛感我已經習慣了。

我用生澀的手勢慢慢彈奏出〈史卡博羅市集〉，當然中途還是不小心彈錯了幾次。

不過從出雲的表情看來，我知道他一定覺得我正在做一件很難的事。老爸說得沒錯，就算以後練不成F和弦，在不會彈吉他的人面前，我還是可以稍微耍帥一下。

『彈得還可以啦！』

這算是出雲最棒的讚美了。

『只要多練習，你也可以學得會。』

『這我倒沒把握，看你彈的樣子好像很複雜。』

『你要彈彈看嗎？』

我把吉他交給坐在身旁的出雲。我先示範用右手撥弦的樣子給他看，出雲也跟著照做。鏘～吉他順利地發出聲音，其實發出聲音也沒什麼，因為我還沒教他按和弦。

『不錯啊！』

『最好是，這和你彈的又不一樣，你又不是只用一隻手這樣彈。』

我開始教出雲怎麼按和弦，光是這樣就花了不少時間。雖然有好幾次，出雲都快發火了，但他可能真的很想受女生歡迎，還是咬著牙努力練琶音。

當我開始教出雲彈第一個和弦時，天色已漸漸暗了下來。

『你左手痛不痛？』

『痛啊！好像都快長繭了。』

結果只教了兩個和弦，公園的鐘聲就響了。

『我覺得手指都變得熱熱的了。』

出雲一臉滿足的神情。

我把吉他收進吉他盒裡，這是老爸交接給我的青春。

『要不要去吃個飯？』

也好，就這樣回家似乎有點可惜。

離開公園往車站的方向走，我們選了間家庭餐廳進去用餐。我和出雲都是點漢堡肉排套餐，雖然老爸做的一定更好吃，但我偶爾也想和朋友一起吃飯。

飯後，我在難喝的咖啡裡加了很多奶精，邊喝邊和出雲閒聊起來。這時的我們就像那些老是湊在一起長舌的女生一樣，嘰嘰喳喳地說個沒完。

只是我們畢竟是男生，再怎麼會聊也聊不了多久，很快就冷場了。出雲拿起桌上的帳單對我說：『今天我請你。』

我從沒想過出雲會請我，也不記得我請過他，所以有點猶豫。

『這樣好嗎？』

『客氣什麼？今天讓你特地帶吉他來教我，你還幫忙保管我妹的手機呢！你沒搞丟吧？』

『嗯，我沒拿出來用，但都隨身攜帶。』

出門前，我把出雲妹妹的手機和我的手機一起放進背包裡。為了讓出雲放心，我翻了翻背包，拿出裡頭的兩支手機。

『你看。』

我把出雲妹妹的那支珍珠白手機亮給他看，順便也看看自己的手機。螢幕上顯示『有1通未接來電』，對方一定是我剛剛在公園練手球和吉他的時候打來的，假如是進餐廳才打來的我一定會聽到。

來電者是……不會吧！我以為自己看錯了，真的是『咲良』。

『出雲，等我一下。』

我急忙叫住出雲，然後按下語音信箱確認是否有留言。一連串制式的語音服務後，我聽到咲良的聲音。

『我是咲良。你是不是一直在監視我？如果真的是你，也該停止了吧！居然還跟我跟到橫濱，不覺得太過分了嗎？如果不是你，馬上到我住的女生宿舍。你應該知道地址吧？宿舍一樓有間餐廳，到那裡等我。』

起初，我真的嚇了一跳。雖然我躲起來看過她一次，但並沒有監視她。可是她之後說的事我真的一頭霧水。這幾天我都跟出雲在一起，根本沒去橫濱，就連現在也是。咲良說的橫濱，應該是指老媽和咲良的父親那須先生住的公寓吧！

那通電話已經打來好一陣子了。

馬上到我住的女生宿舍，咲良是這麼說的。她的語氣和平常一樣很差，只是我隱約感覺到她好像在發出求救訊息。

我立刻撥電話給咲良，但她的手機關機了。

我馬上作出決定。

『我有事要先走。』

『你要去哪？』

我把咲良宿舍附近的站名告訴他。

『不好意思，今天讓你破費了。』

現在趕去或許還來得及。也許事情沒我想得那麼糟，但我還是想趕快衝去，今天就先讓出雲請客好了。我抱起吉他盒跑出店外，本來覺得帶著吉他不方便行動，乾脆託出雲保管算了，但最後我還是沒那麼做。出雲呆呆愣在原地，似乎被我嚇到了。我猜他等會兒一定會生氣。嗯，他一定會。

抱歉了，出雲，因為咲良在找我。

車站附近人潮擁擠，電車裡也擠成一團，通過地鐵剪票口準備轉車時，我緊握在手

中的手機響了起來。應該是咲良。結果不是，而是她的『老家』，長野縣茅野市的老家。這是怎麼回事？

『窩囊廢！你現在在哪裡？』

電話那頭傳來怒吼的聲音，是銀河。

『我正要去咲良的宿舍。發生了什麼事嗎？』

『咲良姊遇到麻煩了。有個被咲良姊甩掉的傢伙，這幾天一直在跟蹤她。』

難道是我？我小心翼翼地問銀河：

『你說的那個傢伙是誰啊？』

『一個叫谷川的人。他是咲良姊的同班同學，陰險得很。他剛剛打電話給我說，他趁咲良姊不在的時候潛入她的房間，正在等她回去。』

『他怎麼有辦法進去？』

『這我就不知道了。或許他是騙我的，但我覺得是真的，他今天跟了咲良姊一整天。他把咲良姊今天做過的事全都告訴我了。』

『他說過去橫濱的事嗎？』

『他說咲良姊去了那須先生的公寓。』

『那就沒錯了。』

和咲良在電話裡說的一樣，那傢伙竟然還跟到那裡去，接下來他會做出什麼可怕的事也不奇怪。這點我很清楚，畢竟我也不是沒想過要那麼做，因為我現在也很氣咲良。

『那傢伙不知道會對咲良姊做什麼事。我真想馬上衝過去，可是一定來不及，偏偏這個時候在她身邊的人不是我而是你。現在我只能拜託你了！懂嗎？』

銀河焦急地喊著。我感到全身僵硬，咲良現在有危險……不，說不定她已經遭遇危險了。真是的，我怎麼拖到剛剛才發現她的來電！

『銀河，我大概再二十分鐘就會到宿舍了。』

『你要快一點。』

『我知道，我會盡快趕到。』

雖然我不知道自己有沒有資格說這樣的話，但現在只能靠我了。

『要是咲良姊有個什麼萬一，你這一輩子都是窩囊廢！』

銀河說完這句話就把電話掛斷了。電話那頭傳出斷訊的嘟嘟聲，彷彿在訴說銀河不能趕來的懊悔。

一輩子都是窩囊廢，我才不要呢！

電車駛進月台，我從沒像現在這樣覺得等待車門打開這段時間如此漫長，就連車門關上和行進也都覺得好慢，電車明明在動，我卻覺得它不動。以前我也作過相同的夢。

我壓抑住心中的不安，抱緊放在車門邊的吉他盒，電車持續著宛如五級地震的搖晃。

拜託，一定要讓我趕上。

電車也像聽到我的請求一樣，沿途發出咔咔的聲響，好像在說『我已經盡力了』。

幸好，當我快忍不住要衝進駕駛座之前，電車總算緩緩地開進女生宿舍附近的車站。我想這班車大概不過是照時刻表的時間進站罷了。

我抱著吉他盒從人群中擠出來，過了剪票口，我打算全力衝刺跑到宿舍，沒想到竟然遇上平交道的柵欄剛好降下來。喀啷喀啷喀啷。

我看了看手機。並不是要看有沒有人打電話給我，只是要確認時間過了多久。剛剛和銀河講完電話後，應該已經過了二十分鐘。雖然我已經作好短跑的打算準備全力衝刺，然而現實的情況卻是場障礙賽。

『咲良，再等我一下。』

看著通過眼前的電車，我激動地唸著。至少要讓這分心情快點傳到咲良那裡。

刺耳的警報聲終於停了。柵欄緩緩升起，真令人著急，我趕緊鑽過柵欄，飛奔向前。

心中只有一個念頭，用盡全力去跑。在這春天的夜裡，儘管抱著吉他重心不穩，我也要不斷往前跑。再喘也要跑下去，腳再痛也要跑下去，就算要闖紅燈也得衝了，撞到路人的話，就邊道歉邊往前跑。此刻的我將化身為梅洛斯❷，跑著跑著，我也忘了自己究竟是為了友情還是愛情而跑。

看到女生宿舍出現在眼前時，老實說，我真想就這樣倒下。因為社團休息就偷懶沒練跑，這大概是老天爺給我的懲罰。雖然這兩天和出雲到公園練球，感覺身體狀況慢慢恢復了，只是體力還差得遠。

咲良房間的燈亮著。

我立刻放慢速度，上半身卻還處於衝刺狀態，害我差點跌倒。突然瞥到一旁的樹叢，對了，這裡就是咲良丟掉草蜥尾巴的地方。

走進宿舍大門，在自動鎖按下４０３。這是咲良的房號。

沒人應答。我又按了一次，還是沒人。

管理員室一片漆黑，大概是下班了。

我走出大門，往咲良的房間瞧。

『咲良！』

放聲大喊後，我突然想起一件事，咲良在留言裡提到要我到餐廳等她。

餐廳還在營業。我推開餐廳的門。

『請問……』

因為實在太喘又不知道該怎麼說才好，我一時語塞。

店內的客人一聽到我的聲音，全都往我這兒看過來。有個身穿圍裙，看起來像是女大學生的人朝我走了過來。

『你要喝水嗎？』

她把手裡的水杯遞給我。我接過杯子，卯起來猛灌，就像酒精中毒的人拚了命灌酒一樣，也因為喝得太急，有些水灑在地板上。

『請問你有什麼事？』

『妳認識藤森咲良嗎？』

『嗯，她就住在這裡啊！她剛剛才離開，現在應該在房間裡。』

太好了，她認識咲良……不，現在還不是可以放心的時候。

『咲良、咲良現在很危險，我得去救她！』

譯註❷：小說名家太宰治根據希臘神話創作了一篇短篇小說，故事是說青年梅洛斯因反抗暴君被判處死刑，行刑前，他要求國王讓他回家參加妹妹的婚禮，並讓朋友當作人質，若他趕不及回來行刑，國王可以處死他的朋友。大家都以為梅洛斯不會回來了，但婚禮一結束，梅洛斯就為了朋友不斷趕路，一直跑一直跑，路上遇到了重重困難也阻止不了他，後來他真的在期限內趕回刑場。國王深受感動，最後不但赦免了梅洛斯，自己也變成了仁君。

那個看起來像是女大學生的人似乎看出我的表情並非開玩笑。她朝店內喊了聲：

『老闆，我出去一下。』接著把我帶出店外。

『我叫小光。你是咲良的男朋友嗎？』

我算嗎？這問題真是問倒我了。

『我叫黑木隼，算是咲良的遠親，我老爸是她在這裡的保證人。』

『你為什麼說咲良有危險？』

『有人潛入咲良的房間，我接到咲良弟弟的電話，要我趕快來救她。』

小光抬頭朝咲良的房間看上去，燈亮著，但隔著窗簾看不到有人。不過，窗簾好像有些搖晃。

『我得趕快才行。』

我真的很擔心，說不定那傢伙正在對咲良做什麼。

『你叫隼是吧！我可以相信你嗎？』

小光盯著我，不停地打量著。

『咲良好像和人約了在餐廳，她到餐廳看了看才回房間。可是我怎麼確定你就是那個人？你說她房裡有人，搞不好就是她約的那個人，而且可能是咲良讓他進房間的。誰知道你是不是來搞破壞的啊？』

小光的懷疑合情合理，不過我現在真的沒時間和她耗下去。我拿出手機，找出咲良的留言，湊到小光耳邊。

『……』

小光的臉頰微微抽動。

『對了，剛剛咲良問過我，有沒有一個像窩囊廢的男生來找她。』

小光盯著我瞧了瞧，然後用力地點點頭。看來她也覺得我長得的確很窩囊。雖然高興不起來，但總算讓她相信了。

『好，快上來吧！跟我走。糟糕，咲良早上還說她忘記鎖門了。』

我跟著小光來到女生宿舍放腳踏車的地方，她用鑰匙打開後門讓我進去。我緊跟在她身後，一起上了樓梯，到了四樓，壓低腳步聲走上走廊。咲良的房門是關著的，房裡隱約傳出像是整理東西時翻箱倒櫃的聲音。

我伸手想去碰門把，卻被小光制止了。

『你有帶什麼武器嗎？』

『這裡頭有吉他。』

我看了看手上的吉他盒。

小光聽了，搖搖頭說：『這太大了啦！』

『我空手也要拚了。』

我把吉他盒放在走廊上，再次伸手轉動門把，門沒鎖。

『咲良！』

我一邊大喊，一邊衝進房間，連鞋子都來不及脫，一股腦地往房裡衝。

咲良躺在床上。那個叫谷川的傢伙壓在她身上，咲良被他按住，動彈不得。谷川用手捂住咲良的嘴，不知道打算做什麼，看得出她正在奮力抵抗。她的衣服很亂，裙子被掀起來，身上的襯衫也被扯開了一半。

『不要過來！』

谷川用原本捂住咲良嘴巴的手去掐住她的脖子。他慢慢地轉過身來，雙眼佈滿血絲，露出超陰沉的眼神。

我感到心口一陣痛。不是因為害怕或憤怒，而是悲哀。我差一點就變成他現在這個模樣了。

『咲良，妳還好嗎？』

臉色慘白的咲良一看到我馬上故作堅強，說：『窩囊廢，你很慢耶！』

都這個時候了，就不能叫我的名字嗎？

谷川那傢伙突然臉色一沉：『原來妳口中的窩囊廢不是我？』

他掐住咲良脖子的手勁又加強了，咲良痛苦地擠出聲音回答：

『不……不是你。』

『原來妳一直以為打無聲電話和跟蹤妳的人是他，不是我？』

他似乎又更用力了，咲良微微點頭。

谷川看起來和我差不多高，身材也瘦瘦的。不過，看他把T恤穿得那麼合身就知道他比我壯多了。如果我們打起來，我還得一邊保護咲良，想到就覺得累人。不管了，為了救咲良也只能和他拚了。真氣人，我果然是個窩囊廢，雖然我的確跟蹤過她，但被咲良誤會成跟蹤狂也令我感到懊悔。

但谷川卻一副咬牙切齒的模樣，口中發出像生鏽的齒輪轉動時那種咔咔的聲音，而且還是異常地大聲。

谷川睜大雙眼瞪著我。

『咲良，妳對我真的一點興趣都沒有。我連這傢伙都比不上，連被叫窩囊廢的資格都沒有？』

話一說完，他立刻轉頭面向咲良，高舉著原本掐住咲良脖子的手，緊緊握拳。

他要揍咲良！谷川打算朝咲良可愛又可恨的臉揮拳頭！

我得阻止他。

心裡才這麼想，身體卻早已行動。我朝谷川衝了過去，用大大的右手牢牢抓住他的頭撞牆。耳邊傳來幾聲悶響，但我管不了那麼多了，現在的我已經停不了手。我緊抓著谷川的頭用力撞牆。

『你少在那裡逞英雄！』

谷川放聲大吼。看到他那令人作嘔的眼神，我感到肚子裡有股憤怒夾雜羞恥的不適感直衝腦門。

『你說什麼？』

谷川奮力從我的右手掙脫，我慢慢握緊拳頭等待他的反擊。來啊！你要是過來，我一定狠狠揍扁你，不斷揮拳，揍到我沒體力為止。

但，谷川卻沒有反擊。

他忽然面向牆壁，全身癱軟坐下，沒多久，我就聽到他微弱的啜泣聲。

『好了，別再打了。』

背後有人按住我的肩膀。回頭一看，只見小光手拿著菜刀站在我身後。

『可是……』

『我知道你想揍扁他，但已經夠了。』

小光用菜刀指了指低頭靠在牆邊的谷川的斜上方，牆上出現一個像是用鐵球撞出的

大凹洞。

我不禁張大了嘴，剛剛那股怪異的不適感也頓時全消。

『喂！你給我過來。』

小光揮了揮手裡的菜刀，谷川立刻乖乖地下床，走到房門口附近正襟危坐。小光緊握著菜刀盯著谷川看。

我湊到咲良身邊，輕聲對她說：『咲良，對不起，我來晚了。』

這時候的咲良就像個老舊的塑膠娃娃一樣，面無表情。聽到我叫她的名字才慢慢眨了眨眼，一對黑色的深邃雙眼中泛著淚。她抱住我的腰，我感受到她柔軟的觸感。她微微地顫抖著。我動也不動地站在原地，鬆開緊握的右拳，接著有些生硬地舉起手，用指尖輕輕撫摸咲良柔順的長髮。

11. 新生的我

我哭了。就像個被欺負的孩子一樣，靠在隼的身上邊發抖邊掉淚。

我好怕。

此刻我只有這種感覺。我忘了為什麼感到害怕，只是一個勁地啜泣，想把內心無法用言語表達的感受宣洩出來。

隼正輕輕地撫摸著我的頭髮。在我意識到之前，不知道已經過了多久的時間。

正當我哽咽哭泣時，耳邊也斷斷續續地傳來小光與人交談的聲音。

『嗯……我知道啦！你快來就是了，現在、馬上。五分鐘內……嗯，有點急……你來了再說。對了，你開車過來……房號是四〇三。嗯，就照老樣子……』

但我只聽到小光的聲音，她大概是在和某人通電話。

過了一會兒，我又聽到小光的聲音。

『老闆，是我，真對不起。我現在有事沒辦法趕回店裡，你一個人忙得過來嗎？嗯，那就好。今天的薪水，你就扣掉吧！好，詳細情況我之後再慢慢告訴你。』

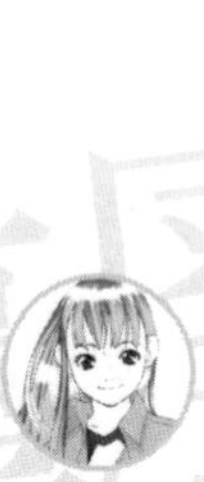

聽著小光說話，原本眼前模糊的意識也漸漸地恢復。

我被躲在房裡的谷川同學偷襲，幸好隼和小光及時趕到才救了我。

『窩囊廢，你很慢耶！』

我想起來了，包括在那一瞬間喊出這句話的情形。哪怕當時我明明很害怕，一看到隼，馬上又裝出強悍的模樣。雖然在谷川同學和晴香、美取面前，我只是個不起眼但有點可愛的女孩子。

都是我的錯。身體隱隱刺痛，感覺就像吞下了玻璃碎片一樣。

不行，我要忍耐。

眼角擠出最後一滴眼淚。

我抓起隼身上的T恤拭去淚水，原本一直摸著我的頭的隼立刻停下手來。

『我沒事了。』

我抬頭看著隼。眼前的他依舊是那副瘦弱樣，只是臉上多了擔心。我把手按在隼的肩上，起身下床。整理好被撩起的裙襬，扣好被扯開的襯衫釦子，不過有顆釦子掉了。

小光就站在房門附近，谷川同學則是低著頭，跪坐在一旁。

谷川同學對我做了很過分的事，我沒辦法原諒他。可是，我對他和晴香、美取也做了很過分的事。過去我對晴香、美取以及班上其他的女同學只是表面上相處和睦，心底壓根兒沒把她們當朋友看，對男生也一樣。對我來說，住在茅野那種鄉下地方的男生全都土里土氣的，我從來沒把他們當成異性看，當然也包括谷川同學。

不想對別人敞開心胸的我，整顆心就像被蠶絲裹住一樣，包得密不透風。

其實我心裡很瞧不起大家，覺得大家都被我騙得團團轉。現在遇到這樣的事可能就是我的報應。

『妳有沒有受傷？』

小光對著我微笑，就像在問不小心在路邊跌倒的女孩。

『嗯，我沒事。』

現在的我還沒辦法微笑以對，只能盡量讓自己用和平常一樣的語調回答她。小光點點頭，用腳踢了踢谷川同學說：『快跟咲良道歉。』

谷川同學仍舊低著頭，用含糊不清的聲音說：

『對不起，我本來並沒打算要這樣做。』

小光一聽，立刻生氣地反問：

『不然你本來打算要幹嘛？』

『我只是想給藤森一點顏色瞧瞧。』

『只不過被女孩子甩了就想報復人家，一般人也不會像你這樣做得那麼過分。你知

不知道自己已經犯罪了啊？私闖民宅加上強姦未遂，這已經不是違反某某條例那種罰錢就能解決的問題了。賠上自己的人生，你覺得值得嗎？』

聽到小光一一舉出自己的罪名，谷川同學的肩膀變得更加僵硬。一旁的我愣住了，隼也露出面有難色的表情。

『聽懂了嗎？小子。』

谷川用力地點點頭，然後放聲大哭。我別過頭去，隼悄悄握住我的手。

這時門外傳來敲門聲，谷川同學立刻壓低哭聲。

『小光，我是阿辰。』

『喔！等等，我馬上開門。』

門一打開，一個看起來很強悍的男生走了進來。他大概是小光的男朋友。

『他是阿辰，空手道初段，興趣是格鬥技。』

小光簡單地介紹了那個男生，說不定是故意說給谷川聽的。

『大家好。』

阿辰的聲音渾厚有力，果然是練空手道的。

『哇咧！妳手上幹嘛拿那麼危險的東西？』

話一說完，阿辰就把小光手中的菜刀抽走。接著又問：

『進去裡面不必脫鞋吧？』

『啊！你等等。』

小光急忙湊了過去。隼也趕緊放開我的手，想著該把他脫下的鞋子放在哪裡，不過最後他還是拿在手中。

『這傢伙幹了什麼好事？』

阿辰壓了壓手指的關節，用食指指著谷川同學。

『嗯……這裡已經夠亂了，把他帶到我的房間再慢慢說吧！喂！你起來。』

谷川同學慢吞吞地站了起來。阿辰和谷川同學差不多高，體格卻有明顯的差異，阿辰根本不需要拿菜刀就能對付他。

『喂！你的鞋子呢？』

谷川同學邊哭邊回答：『在床底下。』

隼彎下身子，用沒拿鞋子的另一隻手從床下取出谷川同學的鞋拿到門口，順便把自己的鞋子放好。阿辰把菜刀交給隼，小光則是叫谷川同學快把鞋穿上。我在一旁默默地看著他們。

『我會好好問個清楚。』

小光說完這句話就離開了。房間裡只剩下我和隼兩個人。

隼把菜刀放回廚房後，再走回房內。

『有件事想拜託你。』

我率先發難。

『什麼事？』

『幫我把床單拆掉。』

喔，好。隼含糊地出聲應和，同時往床上瞥了一眼。我和隼默默地拆掉被套。正當我們將棉被拿到一旁準備拆掉床單的時候，眼前出現了兩團被弄得縐巴巴的內衣、褲，這兩件都是我很喜歡的款式。

我急忙拿起來。突然感到一陣噁心，氣得我把它們丟到地上。

『怎麼辦？』

隼一臉困惑，視線刻意避開我和地上的內衣、褲。

『我要丟掉。垃圾袋在廚房裡。』

好想吐，渾身不舒服。那兩件被谷川同學碰過的內衣、褲和他躺過的床單，我不想再看到第二次。雖然都是新買的，但已經沾上了洗也洗不掉的污穢。接過隼手中的垃圾袋後，我獨自將被單和床單塞進垃圾袋裡。

『我開一下窗戶。』

走向窗邊，我拉開窗簾，打開窗戶。三月就快結束了，迎面吹來的風還有點冷，真希望窗外的空氣能將這房裡凝重的壞空氣統統清乾淨。

『妳有抹布嗎？』

隼輕聲地問道。或許是因為開了窗的關係，他才刻意壓低音量。

『廚房裡有好幾條，你隨便用。』

隼提著垃圾袋走向廚房，選了條最髒的抹布，用水沾濕後，開始擦拭地板。

『不好意思，我剛剛進來沒脫鞋。』

『喔！』

看著眼前擦地板的隼，我內心有種說不出的奇妙感覺。窗外的風吹得窗簾搖晃起來。

『你不生氣嗎？』

『生什麼氣？』

『生我的氣，因為我寫了那樣的信給你。』

隼擦拭著我腳邊的地板。

『還是說，你已經想開了？』

『其實啊……』隼停下手對我說：『我就直說了，我很生氣。妳真的很過分，為什麼妳都只想到自己？』

『你說得對，我的確很過分。』

我無法出言反駁，我的確沒考慮到隼的心情。但不是完全沒有考慮，只是我更重視自己。本來我是想等適應了東京的生活，完全擺脫過去的自己後，再和隼繼續見面。明知道他會為了我空出整個春假的時間，我卻還是作了那樣的決定。

『不過，我想妳會那麼做自然有妳的理由。說說看吧！』

『算了，說出來只會覺得是藉口，不是理由。我這樣傷害你，你卻還趕來救我。』

我跪坐在地上，表情嚴肅。我想對隼來說，現在的我一點都不像他認識的咲良。對我來說也是如此，雖然不知道這會不會就是真正的我，但我現在只覺得自己該這麼做。

『隼，謝謝你。我真的很開心。』

我用手按著地板，低頭向隼道謝，而且就一直低著頭。

過了一會兒，只聽到隼乾咳了一聲。

『好了啦！別這樣。雖然我趕來了，但也晚了好幾步。』

我慢慢抬起頭，沒想到隼也面對我跪坐著。我連忙搖了搖頭，說：

『明明是我自己說要忘了過去，卻還把你叫到這裡。』

『其實我也沒資格接受妳的道歉。嚴格說來，應該是我要向妳道歉才對。』

『你這話是什麼意思？』

隼深深地低下頭說：

『咲良，對不起。雖然今天我救了妳，可是本來打算偷襲妳的人說不定會是我。』

這是怎麼一回事？我不懂隼在說什麼。現在我只希望他趕快抬起頭，我伸手搖了搖他的肩膀。

『不要這樣，快把頭抬起來。』

可是隼卻不為所動。

『妳先聽我說。妳到東京的那天，我跟老爸說有事不能去見妳，其實那是藉口。之後我還是跑去新宿車站，還躲在柱子後面偷看妳。』

『那天你真的在啊！我就覺得好像看見你了。』

『啊！妳看到啦？』

隼驚訝得抬起頭，卻是滿臉通紅。

『不過，這還沒完。本來我想就那樣算了，可是後來還是忍不住搭上電車來到附近的車站，沒想到卻看到妳從拉麵店走出來。我一路跟著妳回到女生宿舍前面，還躲在暗處看到妳踩斷草蜥的尾巴。』

『你看到了？』

聽到這裡，我的臉頰不自覺紅了起來。原來那時候真的有人跟在我身後，而且不是小光，是隼。

瞬間，我感到體內的血液直衝腦門，手也跟著握起拳頭，但我還是忍住了。隼會那樣也是因為我，不過，被隼看到我踩草蜥尾巴的樣子還是覺得很懊惱。現在回想起來，那一刻對我來說算是一種非常隱私的神秘儀式。

『不過就只有這樣了。我發誓，那天之後我什麼都沒做。』

『如果你真的做了……』

我把剩下的話又吞了回去，說出來只會傷到我自己。

『雖然我後來什麼都沒做，其實也只是碰巧而已。剛好我老爸教我彈吉他，又和出雲去練手球，才讓我漸漸沒去想妳的事。說起來，我真的很幸運，但我心裡還是一直惦記著妳，坦白說應該是一直恨著妳。所以我才說本來打算偷襲妳的人會是我也說不定。我知道谷川那傢伙真的很可惡，可是我卻有點同情他。』

隼的這番話在我心裡留下重重一擊。

我不發一語，隼站起來走向廚房。耳邊傳來他開自來水洗抹布的聲音。我突然覺得有點冷，走到窗邊將窗戶關上。

『要不要泡杯茶？』隼問我。

『嗯。對了，別用自來水，用裝在那個水瓶裡的水。』

隼把裝了水的水壺放到瓦斯爐上加熱。
『那個叫谷川的傢伙，妳打算怎麼辦？』
我也在想這件事。雖然目前先交給小光處理，但最後還是得由我這個當事人決定。
『我也不知道。』
腦中浮現谷川同學坐上有紅色巡邏燈的警車離開這兒。唉！怎麼想都覺得不真實。不過，我作夢也沒想到會被谷川同學偷襲。
爐子上的水燒開了。
『我有香草茶的茶包。』
聽到我這麼說，隼接著問：『是什麼味道的？』
『我不知道。』
『荷蘭芹、鼠尾草、迷迭香和百里香。』
隼輕聲地唸著，但我知道他在說什麼，還瞥見他放在廚房旁的吉他盒。
我們面對面坐在地板上，喝著香草茶。雖然不知道這個香草茶有什麼療效，但熱茶的溫度滲透全身，我的心情也慢慢穩定了下來。
『對了，妳最好打個電話給銀河。』
隼把銀河打電話給他的事告訴了我。沒想到這件事也牽連到銀河身上。

『我想他現在一定還在電話前等著回音。』

在隼的催促下，我把一直關機的手機拿出來，有些緊張地撥了通電話回家。果然是銀河接的。

『我是咲良。』

『咲良姊，妳沒事吧？太好了。看來那遲鈍的窩囊廢還是有點用處。』

縱使相隔遙遠，透過電話，我還是感覺得到銀河真的鬆了一口氣。告訴銀河我沒事後，我把電話交給隼。

『很抱歉，現在才跟你聯絡。』

銀河的口氣聽起來有些生澀。

『要是咲良姊在東京有個什麼，一切都是你的責任喔！』

銀河在電話那頭的怒吼聲連我都聽見了。隼一臉無奈把電話遞回給我，我告訴銀河之後會再打給他，便把電話掛斷了。

『對了，我還得再打一通電話。』

找出美取家的電話號碼後，我按下撥出鍵。

『咲良！妳、妳還好嗎？發生什麼事了嗎？』

因為被谷川同學和晴香威脅不准多說，美取只好拐彎抹角地問我。但我聽得出來她很擔心我，可是我卻沒把她當成朋友，我真是太過分了。

『是發生了點事，不過已經不要緊了。妳不必擔心我，手機應該很快就會還妳了。』

『到底發生了什麼事？妳快告訴我嘛！會變成這樣，我也有責任。』

『美取……現在就先別問了。還有，沒跟妳說一聲就來東京，真是對不起。』

我今天一直在道歉。或許是放下了心中的大石頭，美取很想和我多聊一些，但還是被我阻止了。

猶豫了一會兒，我決定再打一通電話。撥這通電話還真需要一點勇氣，也許對方不會接。

『喂。』

電話那頭傳來熟悉的聲音。

『我是咲良。』

『……』

我聽得出來對方倒吸了一口氣。我自顧自地繼續說下去：

『晴香，如果妳覺得受到傷害，我跟妳道歉。一直以來我都只想到自己，從沒想過要對誰敞開心。嗯，所以妳把我的手機號碼和宿舍住址告訴谷川同學，我並不怪妳。』

沉默了好一會兒，正當我準備掛斷電話時，電話那頭傳來晴香微弱的聲音：

『咲良，我很後悔。谷川同學沒對妳做什麼吧？』

『有。不過，那也是我咎由自取。』

『……』

『先這樣囉！』

我掛斷第三通電話。

這樣應該就可以了。雖然有點晚了，但我還是用我的方式收拾了過去的殘局。現在只剩下谷川同學了。

這時，我正好和隼四目相對。不知道他的心裡是不是已經原諒我了。

耳邊傳來敲門聲，回頭一看，只見小光一個人走了進來。

『哇，好香的茶喔！』

『妳要不要喝一杯？』

看到隼站起來，小光連忙用手阻止他，並脫了鞋進到房內。

『不用麻煩了。我是來跟咲良商量谷川那小子的事。』

我立刻挺起身。

『阿辰說，乾脆把他的手、腳打斷丟進東京灣裡。妳覺得呢？』

『呃……』

看到我為難的模樣，小光忍不住笑了出來。

『本來我們打算把他送到警察局，可是這麼一來，妳也得到警局做筆錄，之後會變得很麻煩。到時候肯定會牽連到宿舍這邊，最糟的結果是妳得回長野。』

『這個可能性很高。』

我可以想像媽媽一定會這麼做。

『要是從停車場可以溜進宿舍的事曝光，我和阿辰也會很困擾，所以才想先和妳商量看看。』

小光看了看我和隼。

『我們已經叫谷川寫下這次一切行動的自白書，還叫他按了指印。而且阿辰也用數位相機拍下他自白的畫面，還有他邊哭邊哀求的模樣。我告訴他，要是他以後敢再來糾纏妳，我就馬上把這些東西寄給他爸媽和他唸的高中，所以我想這次妳就放過他吧！』

『那就照妳說的做吧！』

我沒有任何異議。

『我也覺得這樣比較好。』

一旁的隼跟著附和。

『好，那就這麼決定囉！如果現在叫阿辰開車送他到新宿車站，應該趕得上最後一班的AZUSA。OK，那就把谷川同學強制遣送回茅野。』

小光猛然拍了一下地板後，迅速站了起來。

『不好意思，給妳添了那麼多麻煩。』

聽到我這麼說，小光用力地揮揮手說：

『這件事我也有責任。都怪我大嘴巴，硬要教妳怎麼帶男生進來，誰知道全被谷川那傢伙偷聽到了。還跟妳說沒鎖門沒關係，我才覺得抱歉，所以妳也別在意囉！』

我微微地低下頭。能夠認識小光真是太好了。

『隼，你要好好照顧咲良。』

小光急忙走出房間。

過了一會兒，我聽見汽車發動引擎的聲音。隼站起來走到窗邊往外看，隨後就傳來汽車開走的聲音。

『他們走了。』

我拿起變冷的香草茶喝了一口，說：

『說什麼要靠自己一個人生活，卻給大家添了那麼多麻煩。』

這是我的真心話。

『妳是被害者啊！』

『是沒錯啦……』

不知如何是好的隼伸手去拿背包和吉他盒。

『我差不多該回去了。』

『嗯，是啊！』

聽到隼說要走，我心裡立刻慌了起來，嘴裡卻說不出挽留的話。隼走到門口開始穿鞋子，他那雙大大的運動鞋擺在本來就不大的門口，顯得更為突兀。我慢慢地站起來。

『記得要鎖門喔！』

『嗯，我知道。』

隼伸出手去轉動門把。大大的手掌和長長的手指——剛剛撫摸我頭髮的那雙手就要消失了。

我好怕。

『如果妳需要我再打給我，我等妳電話。』

我不要自己一個人待在這裡。

回過神，我發現自己的手正抓住轉動的門把，以及隼的手。

『不要走。今晚留下來陪我。』

我需要有人陪。不，我想要隼陪在我身邊，但我說不出口。不是因為逞強，畢竟我

也是個女孩子。

隼一臉困惑地看著我。

『那，我有個條件。』

『什麼？』

『別再叫我窩囊廢了。』

這真是難倒我了。我並不想說謊。

『這我沒辦法答應你。』

隼大大地嘆了口氣，把穿好的鞋子又再脫掉。

『我果然天生是個窩囊廢。如果可以狠下心甩開妳的手、掉頭就走，該有多好。』

『你這樣又沒什麼不好，我很「高興」你留下來。』

其實我想說的是『喜歡』。

『咲良，我問妳。』

隼把背包和吉他盒重新放在地板上，走到床邊伸手去摸牆上那個圓形的凹洞。

『我和谷川有什麼地方不一樣嗎？』

老實說，我真不知道該怎麼回答他。雖然谷川同學一直和我同班，我卻完全沒注意到他。那時會去找隼，只是因為聽說爸爸的再婚對方有個和我同年的男生，而且看到他的第一眼只覺得很火大，和所謂的一見鍾情正好相反。

原本偷襲我的人可能會是隼，他是這麼說的，而且他也真的來過這裡。只不過……

『在我心裡，隼永遠都是窩囊廢。』

隼鼓起一邊的臉頰以示不滿，說：『我還是回去好了。』口是心非的傢伙！他假裝伸手去拿背包。我趕緊把背包搶了過來。

『幹嘛這樣啊！』

我打開背包，裡頭的東西掉了出來——混雜著熟悉汗水味的T恤和毛巾，還有一支手機。我撿起手機一看，是和美取一樣的珍珠白款式。

『這手機是怎麼回事？』

『那是出雲妹妹的啦！他拜託我幫他保管。』

隼的語氣聽起來有點像在辯解。

『是嗎？』

他應該沒騙我，再說我也沒什麼權利或資格多說什麼。我真的很不可愛。為了不被隼看穿我的心情，就算很介意，我也沒再追問下去，默默地把手機放回背包裡。

算了，反正我知道隼今晚絕對不會離開就好。今天晚上，我們就一起睡在沒有被單和床單的床上吧！像這樣共睡一張床的夜晚，隼可能會想偷襲我。不過，至少今晚我可以確定他絕對不會那麼做，我就是有把握。

『彈吉他給我聽。』

隼面露難色。

『我現在還沒到可以彈給別人聽的程度啦！』

『沒關係，你現在在練〈史卡博羅市集〉對吧？以前上音樂課的時候學過這首歌，我大概還記得怎麼唱。』

隼猶豫了一會兒，從吉他盒裡拿出吉他。

他走到床邊坐下，把吉他放在膝上。我蹲下，雙眼盯著他放在琴弦上的手指。

弦開始發出聲音，耳邊響起斷斷續續的熟悉旋律。

隼對我使了個眼色，我開始唱歌。

香草茶的餘香從隼的指尖飄散開來，我覺得胸口悶悶的，有點想哭。

先看過也無妨的結語

我現在的心情有些複雜。

這本書是繼《窩囊廢》、《窩囊廢離家出走》之後出版的第三集，但內容明顯地和先前兩本有很大的不同。除了風格上有些改變，最主要的還是文章的鋪陳，每一章的第一人稱都不同。多虧了這樣的安排，我的出場次數也減少了許多。包含書中佔有重要部分的開頭與結尾，這次將近一半以上都被咲良包了。或許是考慮到我的心情，所以才讓我負責『結語』的部分。不過啊！都已經出到第三集了，咲良還是不肯停止叫我窩囊廢。

雖然這次是以雙主角的形式構成，但我怎麼想都覺得這是為了咲良而寫的書。時間是國中畢業後、準備上高中的春假。身分尷尬加上情緒不穩的短暫假期裡，咲良從長野縣茅野市的老家來到東京，身邊卻接二連三地發生了一連串的事。這的確令我大吃一驚，因為這次咲良是以第一人稱的角度去描述事情，也讓我了解到在老家時的咲良以及她的內心想法，這和我認識的那個蠻橫粗暴、我行我素的咲良完全是兩個不一樣的人。

第二集，我去過咲良家找她，那時意外發現在家的她竟是個聽話又溫順的女孩子，只是沒想到，她在學校裡又變了一個模樣。到底哪一個才是真的咲良？就她的說法，那全都是她裝出來的，今後的她才是真正的咲良。

至於我呢？仍舊是個窩囊廢。身高和鞋子的尺寸雖然有所成長，整體上卻沒什麼改變。硬要說的話，我開始學吉他了。這又是受到老爸的鼓吹，想想我還真是沒出息，就算學了吉他，大概也改變不了我在書裡的形象了。話雖如此，我卻還做了丟臉的事，真是個不折不扣的窩囊廢。

如果用我在書裡練習的那首〈史卡博羅市集〉來比喻這次的內容，主歌詞的保羅・賽門就是咲良，副歌詞的亞特・葛芬柯當然就是我啦！『賽門與葛芬柯』乍聽之下是個團體，但不管怎麼看，主唱就是保羅・賽門。這麼說來，我倒想起來一件事，葛芬柯先生長得的確有點窩囊。

雖然這本書是同一系列的第三集，但我想，就算沒看過前兩集的人應該也可以看得懂。而且這次書裡還加了點『特別的』推理元素，在告別國中，準備迎接高中的短暫春假裡，究竟發生了什麼奇妙的事？我想這本書一定能讓各位大感驚奇。雖然被搶去了主角的風采，我還是由衷地推薦給各位。

最後還有一件事要說。我一直懷疑這本書是不是我老爸寫的，如果是，希望他能把我寫得帥氣一點。這次書裡也出現了不少新咖，也許到了第四集，我就完全變成配角了吧！

隼　寫於春假的尾聲

窩囊廢的煩惱
ウラナリは泣かない

情敵挑釁、隊友孤立、和老爸冷戰……
升上高中以後，不是應該海闊天空了嗎？
怎麼會有那麼多麻煩事？

繞了一大圈之後，隼和咲良終於言歸於好，
過了不久，兩人的學校都開學了。
因為跟咲良有了比較穩定的關係，加上對手球社的憧憬，
讓隼對未來三年的高中生活充滿了期待。
沒想到，先是劇烈的背痛令他難受到不行，
又因為打球，和出雲的友情出現裂痕，
咲良更來個臨門一腳把他踹到了地獄——
他發現咲良嘴裡說討厭，
實際上卻跟那個叫『富士』的同校男生走得很近！
富士甚至也加入了手球社，擺明了是針對隼！
就在隼因此而感到灰心的時候，
咲良突然昏倒了！……

【2009年5月出版】

國家圖書館出版品預行編目資料

窩囊廢戀愛危機/板橋雅弘作;玉越博幸圖;連雪雅譯. -- 初版. -- 臺北市：皇冠, 2009.2 面；公分. --(皇冠叢書;第3828種 YA！；016)
譯自：ウラナリと春休みのしっぽ
ISBN 978-957-33-2517-8 (平裝)

861.57 98000391

皇冠叢書第3828種
YA！016
窩囊廢戀愛危機
ウラナリと春休みのしっぽ

• 皇冠讀樂網：www.crown.com.tw
• 皇冠讀樂Club：blog.roodo.com/crown_blog1954
• 皇冠青春部落格：www.wretch.cc/blog/CrownBlog
• 皇冠影音部落格：www.youtube.com/user/CrownBookClub
• YA！青春學園：www.crown.com.tw/book/ya

作　　者—板橋雅弘
插　　畫—玉越博幸
譯　　者—連雪雅
發 行 人—平雲
出版發行—皇冠文化出版有限公司
台北市敦化北路120巷50號
電話◎02-27168888
郵撥帳號◎15261516號
皇冠出版社(香港)有限公司
香港灣仔駱克道93-107號利臨大廈1樓
電話◎2529-1778　傳真◎2527-0904
出版統籌—盧春旭
責任編輯—丁慧瑋
版權負責—莊靜君
外文編輯—蔡君平
美術設計—李家宜
行銷企劃—何曉真
印　　務—林佳燕
校　　對—鮑秀珍・邱薇靜・丁慧瑋
著作完成日期—2006年
初版一刷日期—2009年2月

法律顧問—王惠光律師

讀者服務傳真專線◎02-27150507
電腦編號◎515016
ISBN◎978-957-33-2517-8
Printed in Taiwan
本書定價◎新台幣180元/港幣60元